志怪于常

山海经博物漫笔

刘朝飞 著

知·趣

浙江古籍出版社

图书在版编目(CIP)数据

志怪于常：山海经博物漫笔 / 刘朝飞著. —杭州：浙江古籍出版社, 2020.5
ISBN 978-7-5540-1748-7
(知·趣丛书)

Ⅰ. ①志… Ⅱ. ①刘… Ⅲ. ①随笔-作品集-中国-当代 Ⅳ. ①I267.1

中国版本图书馆CIP数据核字(2020)第066869号

志怪于常：山海经博物漫笔

刘朝飞　著

出版发行　浙江古籍出版社
（杭州市体育场路347号）
网　　址　www.zjguji.com
责任编辑　沈宗宇
责任校对　吴颖胤
版式设计　张弥迪
封面设计　吴思璐
责任印务　楼浩凯
照　　排　杭州兴邦电子印务有限公司
印　　刷　浙江新华印刷技术有限公司
开　　本　787mm×1092mm　1/32
印　　张　6　**插　　页**　12
字　　数　110千字
版　　次　2020年5月第1版
印　　次　2020年5月第1次印刷
书　　号　978-7-5540-1748-7
定　　价　40.00元

清末桃花坞年画《山海经各种奇样精妖》（一）

清末桃花坞年画《山海经各种奇样精妖》（二）

清嘉庆六年（1801）曾氏艺学轩影宋绘图本《尔雅音图》中的木桂

1976年河南洛阳出土的西汉时期卜千秋墓壁画中的月轮

[南宋]毛松《麝香图》

明宣宗《五狸奴图卷》(局部)

[清]八大山人《猫图》

[清]袁江《猫雀图》

我当二十不得意　一心愁谢如枯兰

[明]文俶《金石昆虫草木状》中的梧州泽兰

[明]文俶《金石昆虫草木状》中的徐州泽兰

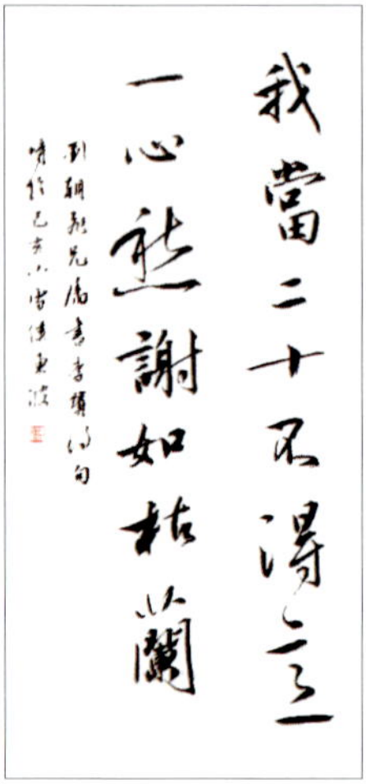

作者朋友侯东波赠送给作者的条幅

作者朋友周锦十三岁时所画兰花

[南宋]郑思肖《墨兰图》

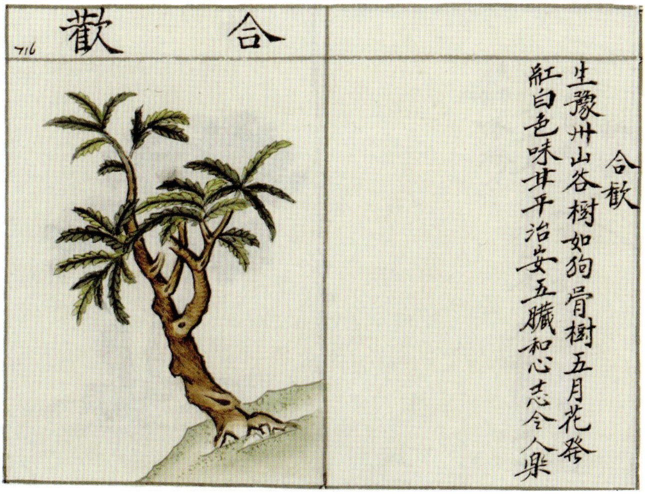

18世纪彩绘本《中国药用本草》中的合欢

（日本）细井徇《诗经名物图解》（约1850）中的鲤

（日本）细井徇《诗经名物图解》（约1850）中的鳣

[五代]黄筌《苹婆山鸟图》

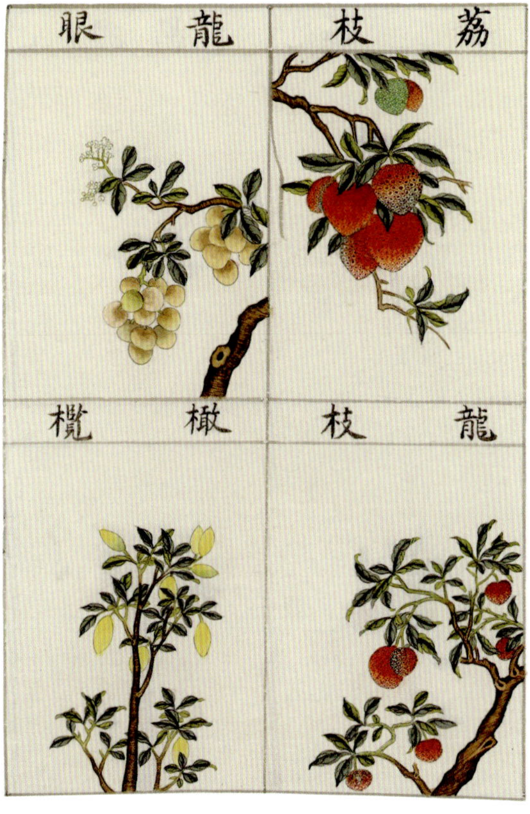

18世纪彩绘本《中国药用本草》中的荔枝等水果

晚清广州外销画《中国自然历史绘画·动物画谱》中的猛豹

晚清广州外销画《街头各行业人物》(一)

晚清广州外销画《街头各行业人物》(二)

宋徽宗《芙蓉锦鸡图》

（美国）丹尼尔·吉拉德·艾略特《雉科图鉴》（1872）中的环颈雉插画

香草

1	2
3	4
5	6

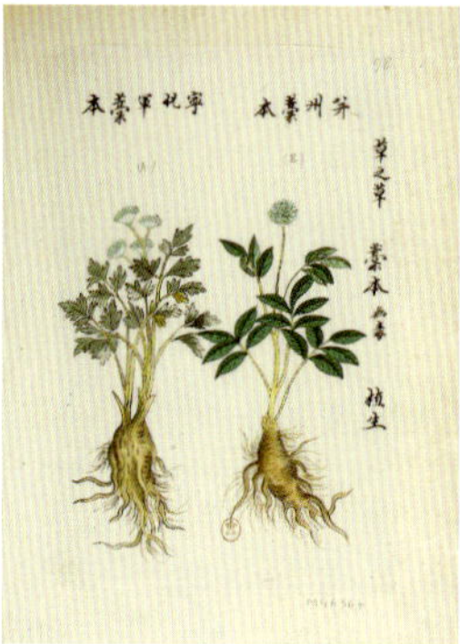

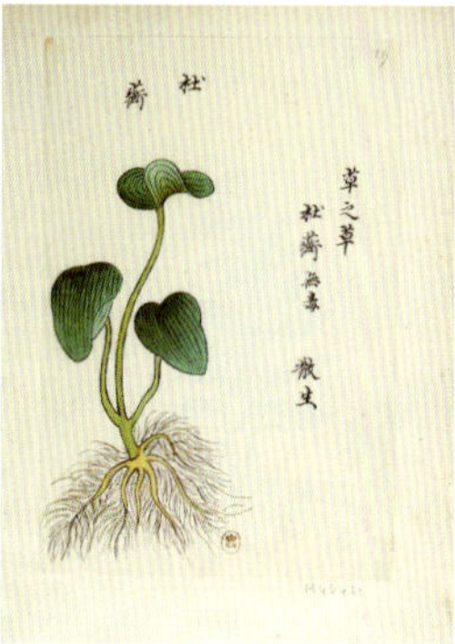

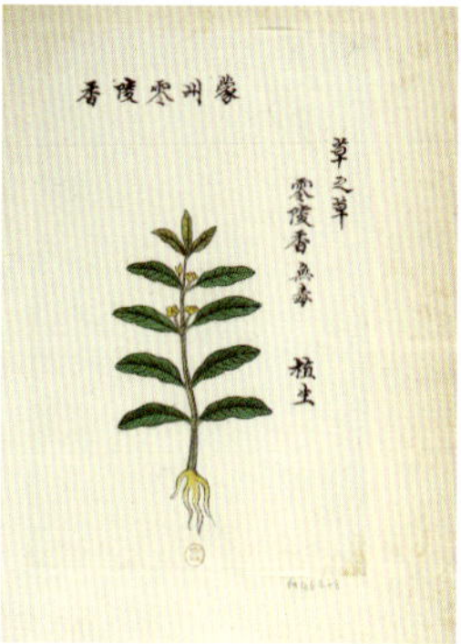

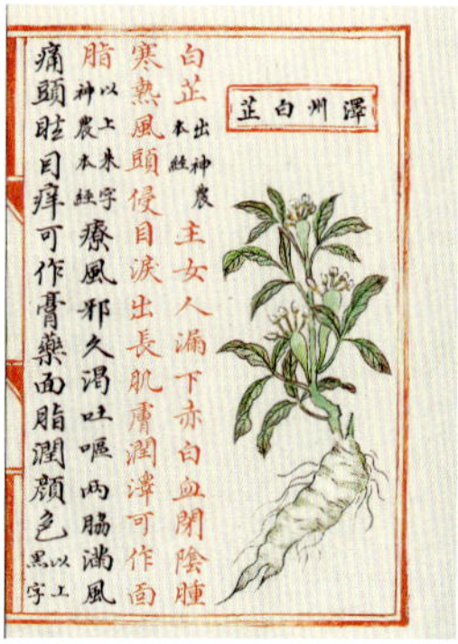
澤州白芷
白芷 出神農本經
主女人漏下赤白血閉陰腫
寒熱風頭侵目淚出長肌膚潤澤可作面
脂 以上朱字神農本經
療風邪久渴吐嘔兩脇滿風
痛頭眩目痒可作膏藥面脂潤顏色 以上黑字

1　晚清广州外销画《中国自然历史绘画·本草图》中的并州稿本和宁化军稿本

2　晚清广州外销画《中国自然历史绘画·本草图》中的杜蘅

3　晚清广州外销画《中国自然历史绘画·本草图》中的凤翔府芎䓖与永康军芎䓖

4　晚清广州外销画《中国自然历史绘画·本草图》中的蒙州零陵香

5　晚清广州外销画《中国自然历史绘画·本草图》中的蘼芜

6　[明] 刘文泰《本草品汇精要》中的泽州白芷

美人

旧传[北宋]张敦礼绘《九歌图卷》

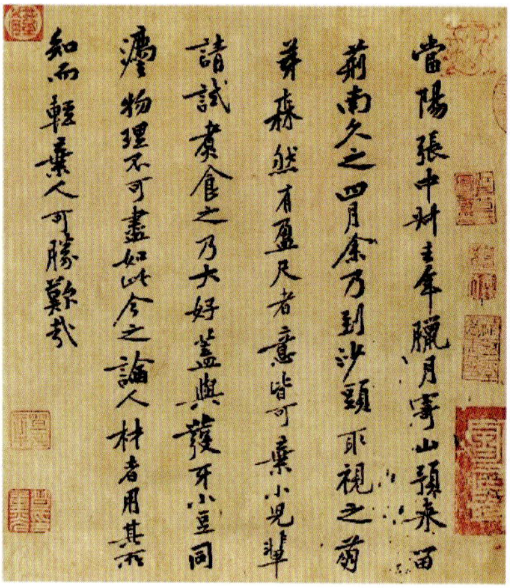

[北宋]黄庭坚《山预帖》

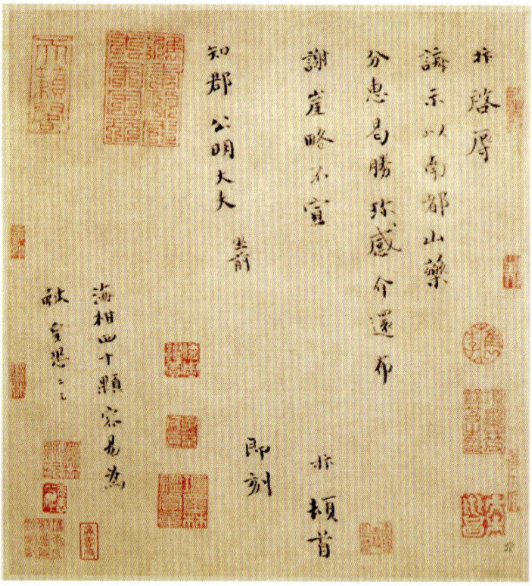

[北宋]赵抃《山药帖》

[明]文俶《金石昆虫草木状》中的滁州山药

[明]文俶《金石昆虫草木状》中的眉州山药

[明]文俶《金石昆虫草木状》中的明州山药

[明]文俶《金石昆虫草木状》中的永康军山药

（美国）丹尼尔·吉拉德·艾略特《雉科图鉴》中的蓝孔雀插画

（美国）丹尼尔·吉拉德·艾略特《雉科图鉴》中的绿孔雀插画

[北宋]崔白《枇杷孔雀图》

[北宋]佚名《枇杷孔雀图》

[明]陈嘉选《玉堂富贵图》

[明]林良《孔雀图》

[明]陆治《锦圃鸣春》

[清]八大山人《孔雀图》

[明]吕纪《杏花孔雀图》

[清]余曾三《百花鸟图》中的孔雀

云南晋宁石寨山出土西汉铜孔雀

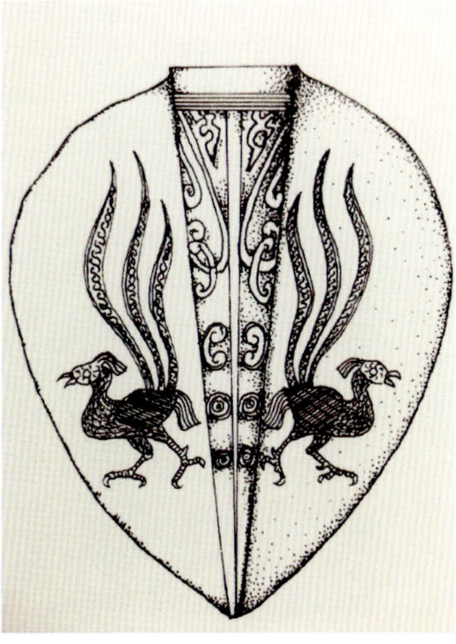

云南晋宁石寨山出土战国西汉间滇国孔雀纹铜锄

敦煌《瑞应图》(局部)

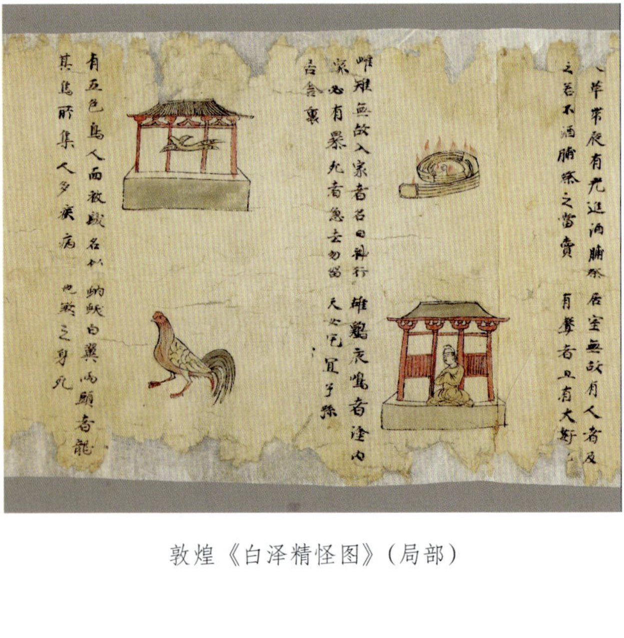

敦煌《白泽精怪图》(局部)

姑妄谈鬼　不亦快哉

——序刘朝飞《志怪于常：山海经博物漫笔》

张远山

本书作者刘朝飞与我结缘，始于2008年和2010年出版的拙著《庄子奥义》《庄子复原本注译》。他首先根据我复原的魏牟版《庄子》初始本和我概括的“庄学四境”，追踪研究了《庄子》对魏牟、屈原、宋玉、景差、唐勒、枚乘等战国秦汉士人的深刻影响；随后向我索得王叔岷的《庄子佚文》，运用前贤不具备的互联网检索工具，近乎穷尽地搜罗出马叙伦、刘文典、王叔岷等辑佚家失收的数十条佚文，按照拙文《郭象所删庄子佚文概览》之体例，写出了《庄子佚文集证》，使乾嘉以来的《庄子》辑佚趋于完备。

2013年，刘朝飞写出《夸父神话流变论》，经我推荐得以发表。这是他在学术刊物上发表的关于《山海经》的第一篇论文。受此激励，他开始倾力校勘《山海经》，数年之间取得了不小成绩。其所校勘的郝懿行《山海经笺疏》，已于2019年出版。但他并未满足，又继续校勘其他《山海经》古籍。

2015年以后，他一边校勘《山海经》，一边梳理《山海经》的博物学知识点，持续分享于“远山道场”微信群，很受群友欢迎。这些分享集腋成裘，结为他的第一部学术随笔《志怪于常：山海经博物漫笔》。此书各篇，选点小而开掘深，旁涉多而趣味广，显现了《山海经》研究之无限可能性的冰山一角。

朝飞从《庄子》走到《山海经》，有其内在必然性。因为充满自由精神和奇诡想象的先秦古籍，只有两部：一是“汪洋恣肆”的汉语极品《庄子》，一是“怪力乱神”的最高经典《山海经》。所以他关于《山海经》的第一部随笔，取名“志怪于常”，便与《庄子》精神相通。

《庄子》首篇《逍遥游》的开头，是堪称华夏第一寓言的“鲲鹏寓言”。然而匪夷所思的是，庄子竟然诡称“鲲鹏寓言”非其原创，而是抄自《齐谐》：“《齐谐》者，志怪者也。《谐》之言曰：鹏之徙于南溟也，水击三千里，搏（编者按：通行本作“抟”，说见张远山《庄子复原本注译》第26—28页）扶摇而上者九万里，去以六月息者也。”

庄子凭空虚构的《齐谐》，隐指《山海经》，因为《山海经》正是“齐东野语”。不过《齐谐》又并非《山海经》，因为《山海经》没有“鲲鹏”。

《山海经》的“齐东野语”之一，是“山经”之《东山经》和“海经”之《海内东经》对齐东列山、渤海列岛的描述：

又南三百八十里，曰姑射之山，无草木，多水。

又南水行三百里，流沙百里，曰北姑射之山，无草木，多石。

又南三百里，曰南姑射之山，无草木，多水。(《东山经》)

朝鲜在列阳东，海北山南。列阳属燕。

列姑射在海河州中。

姑射国在海中，属列姑射。(《海内东经》)

庄子把《山海经》的“姑射之山”“北姑射之山”“南姑射之山”“列姑射”“姑射国”，改造成了《逍遥游》的核心寓言“藐姑射寓言”：

藐姑射之山，有神人居焉，肌肤若冰雪，绰约若处子。不食五谷，吸风饮露，乘云气，御飞龙，而游乎四海之外。其神凝，使物不疵疠而年谷熟。

不仅庄子的理想国“藐姑射之山”和理想人格“藐姑射神人”，全都来自《山海经》，而且前无古人、后无来者的奇诡文风，找不到任何先驱，能够找到的唯一影响源只有《山海经》，所以整部《庄子》充满《山海经》式的“谬悠之说、荒唐之言、无端崖之辞”。

《庄子》寓言，堪称《山海经》神话的升级版。庄子正是按照《山海经》的“志怪”方式，形象言说老子的“常道”，理由是“以天下为沉浊，不可与庄语”。《山海经》和《庄子》共有的志怪气质，共同源头正是上古华夏的神话系统，即中国文化之根。这一中国文化之根始于上古，延续至崇信鬼神的商代，五千年间未曾断绝。但是导致华夏历史突然改道的“商周之变”，却把华夏神话系统予以彻底人文化，于是西周以降三千年的中华文化变成了无根文化。

我不喜欢“不语怪力乱神”的孔子，而喜欢“言必志怪”的庄子，喜欢写出“刑天舞干戚”的陶渊明，喜欢“姑妄谈鬼”的苏东坡，喜欢喊出“不亦快哉”的金圣叹，也喜欢这部言说《山海经》的《志怪于常》。希望朝飞继续努力，取得更多成绩。是为序。

2020年1月24日除夕（新冠肺炎肆虐之际）

自　序

“山海经博物漫笔”系列文章，缘自“远山道场”的分享课。“远山道场”并没有固定的地理位置，而是学者、作家张远山先生读者群，存在于网络世界。“道场”的管理员杨波臣，经张先生倡议，时常邀请群内德友分享自己的研读成果，如同讲课一般。比如近期出版的《传奇中的大唐》的部分内容，作者刘勃之前就在“道场”分享过。杨兄也时常邀请到我，于是就有了这一系列讲稿，后来整理结集，定名“志怪于常——山海经博物漫笔”。

书名虽叫“山海经”云云，但讲的主要是《五藏山经》，这也是《山海经》中最古老、地理学价值最大的部分，《海经》在本书中的分量轻得多。本书所“博”之“物”主要指鸟兽草木虫鱼这些动植物，当然也会涉及一些地理、器物、神怪的内容。通常人们对《山海经》名物的关注多放在一些奇怪的东西上，不时有网友问我有什么研究《山海经》怪兽的著作可以推荐。但是《山海经博物漫笔》要谈的，大多是一些平实的东西。

名物研究，有的人可能觉得非常有趣，有的人却感到索然无味，所以我这里就采用“漫话”“漫笔”的形式。“漫话”

“漫笔”就是随便说，随便写，但我也有一些基本原则和倾向：一是我当然会从《山经》谈起，而且一般会涉及《山经》之外的内容。二是我会尽量利用道家文献尤其是《庄子》，这是“远山道场”的大氛围所内在规定的。三是我会尽量选择一些有趣的话题，多搭配图片，以带动大家的兴趣。

为了这一系列文章的出版，我还准备了两篇“绪论”性质的东西：一篇是《〈山海经〉vs〈诗经〉——漫谈中国传统博物学的来源》，谈的是“博物学”；另一篇是《“妖怪”三义与〈山海经〉》，讲的是“妖怪学”。我的基本思路就是建立“中国博物学”，反对最近流行的“日系妖怪学”。

最后，感谢张远山先生，是他促成了本书的写成，也感谢“远山道场”众位德友，这些日子里是他们一直给予我各种各样的支持。

目　录

《山海经》VS《诗经》

——漫谈中国传统博物学的来源

本文分六部分，依次探讨：《诗经》与中国传统“多识”“名物”之学、《山海经》与中国传统“博物”“志怪”之学、儒家“博物”“志怪”之学暨两种博物学的交融、博物学在儒学系统下的地位、道家与博物学，以及《山海经》中的博物学内容。

中国传统博物学（非西来之博物学）的定义我们这里不做专门探讨，本文默认其范围为草木、鸟兽、鱼虫、器物等。至于本文未曾展开的如“《本草》系列”“《尔雅》系列”“异物志系列”等等博物学的话题也只能另做讨论。

一

中国传统博物学是来源于《山海经》还是《诗经》？

前些日子我们在群讨论中提到这个题目的时候，马上就有朋友说是来源于《诗经》，因为孔子说过“多识”的话。

我的看法也是这样，中国传统博物学主要来源于《诗经》，而非《山海经》。

“多识”一词的具体出处是《论语·阳货》，原文是这样的：“子曰：‘小子，何莫学夫《诗》？《诗》可以兴，可以观，可以群，可以怨，迩之事父，远之事君，多识于鸟兽草木之名。’”

孔子这段话，说的是学《诗》的好处。在学《诗》诸多好处的最后，提到了“多识”。“多识”的概念，后来随着儒学／经学的盛行，而被继承发展了下来。清朝的时候，有一个叫作多隆阿的人，写了一本解读《诗经》名物的书，书名就叫“毛诗多识”。类似的，在之前的明朝还有一本林兆珂《毛诗多识编》。

最早专门解释《诗》名物的书，是三国时东吴陆玑的《毛诗草木鸟兽鱼虫疏》（简称“毛诗草木疏”或者“草木疏”）。我认为，这应该算是中国最早的“博物学”专书（也有人认为是《尔雅》系列的《释名》）。后来也出现了专门解释陆玑《草木疏》的著作，比如明代毛晋的《毛诗陆疏广要》、清代赵祐学的《毛诗草木鸟兽鱼虫疏校正》和焦循的《陆氏草木鸟兽鱼虫疏疏》等，还有日本人渊在宽的《陆氏草木疏图解》。

陆《疏》开的是这样一种传统。与陆《疏》同类的书，多以“名物”为题，比如北宋蔡卞的《毛诗名物解》，元朝许谦的《诗集传名物钞》和罗复的《诗集传名物钞音释纂辑》等很多著作。“名物”一词，来自儒家“十三经”之一的《周官》。中国传统博物学，也可以被称作“多识之学”或者“名物之学”，这两个名称昭示着儒家文化或者说孔子本人的文化思想对中国传统博物学的深刻影响。

“陆玑为《诗草木疏》，刘杳为《离骚草木疏》，王方庆有《园庭草木疏》，李文饶有《山居草木记》，君子所以贵乎多识也。”（《困学纪闻》卷八）《诗》之外的博物学著作，受其影响而存在的，便是《楚辞》系列。刘杳《离骚草木疏》（又名“楚辞草木疏”）早佚，今见存者有南宋吴仁杰《离骚草木疏》、明代屠本畯《离骚草木补》、清代周拱臣《离骚草木史》等。

儒家著述中，与博物学密切相关的还有《尔雅》系列，包括其各种注疏，以及《广雅》《埤雅》等等，兹不详述。

以上是儒家文化与中国传统博物学的内容。

二

相对而言，《山海经》名物研究方面就完全没有与《诗经》相抗衡的大量著作。中国古代专门解读《山海经》名物的著作一本也没有——即使今天也很少，很多博物学家作研究甚至不取用《山海经》。古代研究《诗经》名物的著作，也几乎不引用《山海经》，比如声望比较高的《毛诗多识》，对《山海经》的态度是：“孔（颖达）疏据《山海经》有兽名

‘驳’以申毛（《毛诗传》的作者）义。然《诗》中用物，惟取其常，山隰所有，当属习见，漫及怪兽，不足信也 。”又评论《山海经》“多志怪物，最难信”。

如果非得说有，明代朱铨《山海经腴词》和清代涂景涛《山海经类对赋》，勉强算是《山海经》博物学的著作。二书皆取《山海经》名物，如山水草木鸟兽之名，以类相从，编成韵文。然而只有名物，很少有解读，这样的“博物书”实在没法跟《毛诗草木疏》系列完善的博物著作相抗衡。

那么我们今天为什么讨论“中国博物学传统是来源于《山海经》还是《诗经》”这个话题呢?

晋代的张华有一本《博物志》，它的目录是这样的：

卷一　地理略自魏氏目已前夏禹治四方而制之、地、山、水、山水总论、五方人民、物产

卷二　外国、异人、异俗、异产

卷三　异兽、异鸟、异虫、异鱼、异草木

卷四　物性、物理、物类、药物、药论、食忌、药术、戏术、

卷五　方士、服食、辨方士

卷六　人名考、文籍考、地理考、典礼考、乐考、服饰考、器名考、物名考

卷七　异闻

卷八　史补

卷九　杂说上

卷十　杂说下

熟悉《山海经》的朋友一眼就会看出，这些内容几乎都在《山海经》中出现过。

《博物志》的开头还说："余视《山海经》及《禹贡》《尔雅》《说文》、地志，虽曰悉备，各有所不载者，作略说。出所不见，粗言远方，陈山川位象，吉凶有征。诸国境界，犬牙相入。春秋之后，并相侵伐。其土地不可具详，其山川地泽，略而言之，正国十二。博物之士，览而鉴焉。"开头就说《山海经》，全书结构又与《山海经》密切相关，所以《博物志》完全可以说是《山海经》深刻影响下的产物。

《博物志》系列（如《十洲记》《酉阳杂俎》等）每多言怪力乱神，为儒家所不容，与来源于西方的以实证为主的"博物学"，也大异其趣，而这一脉的来源正是"古今语怪之祖"《山海经》。

如果去除"实证"观念的束缚，我们可以看到古人所谓的"博物"，其实跟这些怪力乱神关系非常大。吴任臣《山海经广注》的自序中有一段话，说的正是古人的"博物"观，原话是："一物不知，君子所耻。昔五酉晰象于宣尼，俞儿瞩名于敬仲，元逊辨傒囊之号，士深审仲师之形。大都垂诸往册，炳然来兹，高山仰止，未尝不景行行止也。”这段话首尾两句一般人都可以读懂，中间一句却很有注解的必要。

“五酉晰象于宣尼”，出自晋代干宝《搜神记》，故事说的是孔子“在陈绝粮”时，师徒一众遇到妖怪来找茬儿，子路杀了妖怪烹给大家吃。孔子说：“夫六畜之物及龟蛇鱼鳖草木之属，久者神皆凭依，能为妖怪，故谓之五酉。五酉者，五行之方皆有其物。酉者，老也。物老则为怪。”

“俞儿瞩名于敬仲”，出自《管子·小问》。故事说齐桓公“北伐孤竹”时，路上看到让他害怕的东西，管仲安慰桓公道：“微臣听说登山之神叫作俞儿，仅有一尺来长，但模样跟常人一样。成就霸王之业的君主振兴前，登山之神就会先出来预兆吉祥。”

“元逊辨傒囊之号”典出《搜神记》。故事说三国时期东吴的诸葛恪（字元逊）有一次出门打猎，见到一个小孩伸手像要拉人的样子，手下的人把小孩拉起来，他就死了。回去后手下人怕得罪了神明，诸葛恪就说：“你们不懂了吧，《白泽图》里面说了，这东西叫作‘傒囊’，没什么大不了的。”

“士深审仲师之形”典出《梁书》。故事主角是南朝时的刘杳，也就是前面提到的写《离骚草木疏》的那个人。刘杳跟当时的一个大学者沈约，常常在一起探讨学术问题，有一次沈约考问刘杳：“大学者何承天的书里说到的‘张仲师’‘长颈王’典出何书啊？”刘杳随口答道：“前者出自《论衡》，后者出自朱建安《扶南以南记》。”沈约一查，果然如此。

解释这么多，我主要是想告诉大家，古人所谓的“博物”，确实很大程度上是靠一些“奇谈怪论”来实现的。其实郭璞《注山海经序》也非常形象地说明了中国古代“博物”思想与《山海经》的关系，但原文太长，我这里只引用它最后一句：“达观博物之客，其鉴之哉！”

总之，与儒家“多识”“名物”之学并存的，是多言怪力乱神的“博物”之学，这才是真正的中国传统博物学面貌。

三

有的朋友可能仍有疑问，因为前面的问题我用的材料大都出自《博物志》系统，而这些可能是出于相关学者的附会，不能体现更普遍的社会意识。那么下面我就列出一些可能更加靠谱的例子。

首先是《国语》。“左丘失明，厥有《国语》”，不管疑古派怎么说，《国语》也称得上相对可靠的先秦典籍。《国语·鲁语下》有八条记录与孔子有关。第一条是说季桓子从土里挖出一种怪兽，派人去跟博学的孔子说自己挖出了一条狗，孔子说：“不对啊，我怎么听说土里的怪兽是羊，有一专名叫羵羊。”同时还道出“木石之怪曰夔魍魉，水之怪曰龙罔象”。第六条说吴国把发掘出来的很大的骨头（恐龙化石？）送到了鲁国，孔子说他听说古代巨人族防风氏的骨头也这么大，又给使者讲了侏儒族身材是多么矮小。第七条说孔子在陈国的时候，有只带着箭的隼被陈惠公捡了便宜，陈惠公派人拿着隼去问孔子，孔子根据隼的伤口和使者的简单描述，推测那箭来自肃慎氏，取来一看果如其言。

《孔子家语》，比较能体现汉代人尤其是儒家的认识了吧？其中《辨政》一章说到齐国忽然出现一种独足鸟，齐侯派人去问孔子。孔子说这鸟叫作“商羊”，预示大雨，让他们赶紧回去抗洪防涝。齐国由此顺利抵挡了一场水患。

还有最有名最“正统”的一个故事：鲁国的樵夫捉到了一只怪兽，孔子看到之后无限伤悲地说，这是瑞兽麒麟，然后把这件事记录在《春秋》里，就此“绝笔”。（用《公羊传》之说。）

可以看出，这些故事的主要内容，跟前面所讲的《博物志》系列同属“怪力乱神”。而这些故事，都从很大程度上体现了孔子的“博物”。

四

我们回到“多识”的话题上来。

孔子虽然说过“多识”的话，但那是有语境的。多隆阿《毛诗多识》的自序说得好：“昔夫子教人学《诗》，则在兴观群怨，与事父事君之大，而鸟兽草木之名，其余绪也。”也就是说，其实儒家是轻视博物的。

樊迟问孔子怎么种粮食，孔子说：“吾不如老农。”又问种菜，孔子说：“吾不如老圃。”（《论语·子路》）可见孔子也不是无所不知。当然也许孔子不是不知道，而是不屑于回答。

太宰跟子贡说：“孔子就是传说中的圣人吧？怎么会的这么多？”孔子听说之后说：“我小时候家境贫寒，所以会很多‘鄙事’。不过这些并非君子所推崇的。”“鄙事”就是“末技”，可以看出孔子是不怎么看得起这些的。（《论语·子罕》）

还有《周官》里反复说的“名物”，其实都是一些专门官吏关注的，比如“庖人，掌共六畜、六兽、六禽，辨其名物”（《天官》），“兽人掌罟田兽，辨其名物”（《天官》），“大司徒之职……辨其山林、川泽、丘陵、坟衍原隰之名物”（《地官》）等等。

顾栋高《毛诗类释自序》里先是说：“臣幼读《论语》，孔子语学《诗》之益曰‘多识于鸟兽草木之名’，若是乎，博物之学亦圣人所不废也。”接下来又说自己的书大致有什么内容以及自己为此作了多少工作，紧接着却给自己来了一巴掌：“此无味之味，先儒所谓鸡肋也。”这正是儒门“多识”之学下的矛盾心理。

总之，我们可以看到孔门的关注重点其实一直在“仁义道德”上，一些琐碎的事情他们是不重视的。以前听人说“传统博物学是反传统的”，我还觉得挺吃惊，但是随着认知的深入，我也越发感受到，无论是从“多识”“名物”之学的角度，还是从“博物”“志怪”的角度看，传统博物学都多少有些反儒家传统。

五

虽然有很多人认为孔子很博学，会得多，懂得多，但是孔子还是落下了“五谷不分”的名声，这当然跟他看重仁义道德而轻视劳动生产有关。

道家则相反。我们拿《孟子》跟《庄子》比较一下，就会发现《庄子》里面有很多草木鸟兽鱼虫的形象描写，还记录了非常多的工匠技艺，博物知识异常丰富，而《孟子》在“多识”这方面则弱得多。

据张远山统计：《庄子》一书提到的动物内七篇有56种，外杂篇有104种；提到的植物，内七篇有37种，外杂篇有61种。若论“多识”，《庄子》在先秦诸子中是首屈一指的。

“山林与！皋壤与！与我无亲，使我欣欣然而乐与！”（《庄子·知北游篇》）这种体现庄子对自然万物喜爱感情的段落在书中俯拾即是，尤其《齐物论篇》对地籁众窍的描摹，更是精彩纷呈。

《逍遥游》	鱼、鲲、鸟、鹏、蜩*、学鸠*、尺鷃*、朝菌、蟪蛄、冥灵、鷦鷯、鼹鼠、飞龙、狸狌、斄牛、鼠、野马、二虫
《齐物论》	鷇音、马、众狙、鳅、猿、猴、麋、鹿、蝍蛆、带（小蛇）、鸱鸦、鼠、猵狙、鱼、鸟、麋鹿、鸜鹊子*、时夜（鸡）、鸮、蛇蚹、蜩翼、蝴蝶
《养生主》	牛、泽雉
《人间世》	螳螂、虎、蜃、蚊虻、蠹、狙猴、白颡牛、亢鼻豚、凤
《德充符》	豚子、豚母
《大宗师》	鱼、狶、鼠肝、虫臂、鸟、鹩鸸子*
《应帝王》	蚊、鸟、鼷鼠、二虫、莽渺之鸟、虎豹、猿狙、鲵、豕

《庄子》“内七篇”中提到动物56种，其中人格化的22种，会说话的5种（标*）。（转引自张远山《庄子复原本注译》）

同时《庄子》一书对各种工艺也有相当多的记录。张远山《蝴蝶二梦》评论《庄子》：“同时广泛深入地精确描述了江湖民众的百工众技，如何解牛，如何养猴，如何养虎，如何牧马，如何牧羊，如何钓鱼，如何斗鸡，如何捕蝉，如何相狗，如何相马，如何相人，如何游泳，如何架船，如何驾车，如何种树，如何种谷，如何运斤，如何斫轮，如何捶钩，如何铸钟，如何调瑟，如何奏乐，如何赏乐，如何画图，如何射箭，如何使剑，如何读书。”（《老庄之道》）

道家之所以在对待自然万物的态度上与儒家截然不同，是因为道家认为道无所不在，百工众技皆可能得道，而儒家“学而优则仕”的道路则窄得多。

然而有讽刺意味的是，后来道家的博物学却并没有得到正常发展，而是依附着《山海经》《博物志》一脉，以一种荒诞的方式传承着，今天我们所能见到的只有《淮南万毕术》这样的断章残简。

六

最后简单地谈一下《山海经》真实度的问题。

有人认为《山海经》完全是胡说八道，所记山川鸟兽礼俗历史百无一真。这是比较“正宗”的看法，接近前面我们所说的儒家“多识”“名物”之学。有人认为《山海经》记述的内容都是真实的，并且举例说《南山经》中的“鯥”就是穿山甲，并说《山经》并非志怪之书，而是真正意义上的博物之书。这一路就比较接近前面我们所说的“博物”“志怪”之学。

完全肯定和完全否定，都是不可取的。前者我们不说，单就后者简单说两句：《山海经》对“怪”的关注是显而易见的，有的山川地理草木鸟兽并非实有是极其正常的。正如明代人朱长春在《管子榷》中所说：“《山经》简而穆，志怪于夷。”《山海经》的平实之处其实不少，而这些平实之处正是最值得开发，并亟需开发的。

这正是我写作这部小书的出发点。

“妖怪”三义与《山海经》

从古至今，“妖怪”这个词，在不同语境中主要有三个义项：一是预示灾祸的怪异事物（以下或简称为“凶兆”），二是物老所成之精魅（以下或简称为“精魅”），三是一切怪异事物。凶兆义早出，精魅义晚出，而第三项是晚近从日本传来的概念。

一、预示灾祸的怪异事物

妖怪这个词最早出现在《汉书》《论衡》《楚辞章句》等东汉文献中，此后一直到唐朝，“妖怪”都只表示“预示灾祸的怪异事物”。

《汉书》记载，昌邑王刘贺的行为不合礼法，时间一长，“宫中数有妖怪”（《汉书· 循吏传》）。类似的话又记作“数有怪”“祆祥数至”。“妖怪”“怪”“祆祥”，三个词在这里的含义是一样的，它们具体指的是什么呢？在《汉书》的《五行志》《昌邑王传》中有不少例子，都是表示“预示灾祸的怪异事物”。比如，昌邑王听到有人的声音说“熊”，他一看，果然有一只大熊，但是旁边的人都没听到也没看到。他拿这件事问郎中令龚遂，龚遂说："熊是野兽，却来到宫里，并且仅有大王一个人见到它，这是上天警示大王，昌邑王宫将变得像山野一般空空荡荡，这是危亡的象征啊。"此外还有白犬、大鸟、血污等，以及刘贺登上帝位之后所作的怪梦，龚遂都把它们解读为不祥之兆。总之，这里出现的，无论是非生物的血污、怪梦，还是生物类的大熊、白犬、大鸟，都迥异于我们后来所熟知那种人格化的"妖怪""精魅"。

唐以前的"妖怪"，指的几乎都是这种"预示灾祸的怪异事物"，而未见指"物老所成之精魅"的实例。有的词典举干宝《搜神记》里面的例子，说其中的"妖怪"一词指精魅，这可能是不对的。虽然《搜神记》里出现了"妖魅""妖物"等与后来所谓的"精魅"十分接近的词汇，但是其中的"妖怪"一词所指应该还不是"精魅"。《搜神记》卷六开头说："妖怪者，盖精气之依物者也。气乱于中，物变于外，形神气质，表里之用也。本于五行，通于五事，虽消息升降，化动万端，其于休咎之征，皆可得域而论矣。""休咎之征"即"吉凶之兆"，因此可知其"妖怪"一词不离"凶兆"的原始含义。卷十九又说："夫六畜之物及龟蛇鱼鳖草木之属，久者神皆凭依，能为妖怪，故谓之五酉。""能为妖怪"，就是能预兆灾祸的意思，这里的"妖怪"指的也并非老物所成之精魅。总之《搜神记》里"妖怪"一词解作"凶兆"应该更合理一些。

而且，“妖怪”一词的凶兆义也一直没有消失。比如宋代余元度《正瑞论》：“……夫是者，虽无祥瑞，可不谓圣且治乎？……夫是者，虽无妖怪，可不谓昏且乱乎?”（见《宋文选》）“妖怪”与“祥瑞”相对，其义明显。又比如明代练子宁《与叶知县书》：“盖其初也惑于妖怪之说，而冀免于祸灾。”大概到了清朝，“妖怪”一词才几乎全部指精魅，而“花妖”“诗妖”之“妖”仍用古义。

细说的话，“妖怪”之具有“预示灾祸的怪异事物”这个义项，有如下四个特点：

第一，此词可以表凶咎，与吉祥相对。“妖怪”的反义词就是“祥瑞”。传说上天嘉许周人的祖先后稷，为他降下美好的谷物，后来周朝就兴盛了起来；而战国时白狄中山国的土地上，也无缘无故地出现谷物，不久后中山却灭亡了。孔子的后代子顺，在评价这件事时说：“若中山之谷，妖怪之事，非所谓天祥也。”（《孔丛子·执节》）这就是“妖怪”和“祥瑞”相对立的明证。古书中的“祥”，有时候是中性的征兆，有时候是正面的祥瑞，有时候也可表示负面的凶兆。然而“妖”“妖怪”，在古文中根本没有中性或正面的义项，全部是负面的。凶咎，是“妖怪”的第一要义。

第二，可以表怪异，与常相对。《楚辞·天问》：“妖夫曳炫，何号于市？”王逸章句曰：“妖，怪也。”这是“妖”“怪”组成“妖怪”的基础。实际上，结合语境，我们会很明显地看出，《天问》中的“妖夫”也是“预示凶咎之人”的意思，仍没脱离我们所说的第一要义。王逸在下面紧接着说：“昔周幽王前世有童谣曰‘檿弧箕服，实亡周国’。后有夫妇卖是器，以为妖怪，执而曳戮之于市也。”怪异是表，凶咎是里，二者组合才是“妖怪”。单纯的怪异，也有可能是预示吉祥，比如说凤凰、麒麟之类的，就不被当作妖怪，而是祥瑞。当然怪异也可能是中性的，并不预示什么。

第三，具体而言，“预示灾祸的怪异事物”分很多种，妖是其中一种。《说文解字》引《左传》：“地反物为“祅”也。”今本《左传》作：“天反时为‘灾’，地反物为‘妖’，民反德为‘乱’。‘乱’则‘妖’‘灾’生。”（宣公十五年）这段话无非是说人类行为不合乎德，天地就会降下灾难，当然这只是一种笼统的说法。实际上《说文》将之当作“祅”（妖）的释义是不太妥当的。唐代经师孔颖达认为《左传》这段话只说出了灾祸的一种，按汉代刘歆《洪范五行志》的说法是妖、孽、祸、痾、眚、祥，六者“积渐为义”，也就是说，存在这样一个升序结构：

	妖	孽	祸	痾	眚、祥
阶段	酝酿	萌芽	显著	重	极深
对应物	草物	虫豸	六畜	个人	社会

第四，有一个隐藏的含义，就是妖通常具有迷惑性。当一件怪异事物出现的时候，人们常常难以判断它预示的是吉还

是凶。比如有一个故事说，有人捕获了一头怪兽，认为是不祥之物，冉有就问孔子：“麇身而肉角，岂天之妖乎?”孔子一听赶紧前去察看，路上说可能是麒麟。发现果然是麒麟后，孔子说了这么一句话：“天子布德将致太平，则麟凤龟龙先为之祥。”（《孔丛子・记问》）意思是，这本来是祥瑞，不是妖怪，但是出现的不是时候，所以被人误杀。孔子为此十分伤心。古书中此类祥瑞、妖怪之辨还很多，前面举的中山之谷也是一例。也就是说，古人认为妖、祥、异，三者是可以互相转化的。

二、物老所成之精魅

“物老所成之精魅”在被称作“妖怪”之前，往往被称作“魅”。“魅”字写法较多，《说文》写作“鬽”，解作“老精物也”，也有写作“物”的。《论衡・订鬼》：“一曰：鬼者，老物精也。”《风俗通义》“世间多有精物妖怪百端”条记载，有一户人家频繁发生怪事，后被告知是家里的“老青狗物”等所为。孙诒让说：“古书多谓鬼魅为‘物’。”（《札迻》）

“妖怪”不兆吉凶，专指精魅的用法，在唐代就有，但在宋代才变得常见。

唐代佛教类书《法苑珠林》：“妖怪者，干宝《记》云：‘盖是精气之依物者也。’气乱于中，物变于外。形神气质，表里之用也。本于五行，通于五事。虽消息升降化动万端，然其休咎之征，皆可得域而论矣。”虽然曲解了干宝的意思，但仍说到了“休咎之征”，说明也未完全脱离“妖怪”一词的本意。

宋《夷坚志》“蔡京孙妇”条记载，蔡京的孙子媳妇出现怪状，张虚静去察看，刚到堂上，就发现“鬼啸于梁”，于是说：“此妖怪力绝大，盖生于混沌初分之际。”这好像是明确将精魅称作妖怪的例子。然而故事最后却说：“时此老七十四岁，稔恶误国家，祸将及矣，故变异如是。”说蔡京败坏朝纲，将招致灾祸，所以预先有这些怪事出现。可见此处“妖怪”尚未完全脱离凶兆义。

《太平广记》有九卷记“妖怪”，其中多有精魅；又有六卷记“精怪”，其中却多言凶咎。亦可见“妖怪”一词处于语义过渡期。

宋代张师正《括异志》“高舜臣”条，说高祥符遇见一个女子主动嫁他，晚上就来，白天消失。他的父母听说之后说：“此子为石妖木魅所惑也。”然后用了各种法术来对付那女子，女子却笑着对高祥符说：“我岂妖怪害人者？何见疑之深也？”这个故事里出现“石妖木魅”“妖怪害人”，但是没有兆吉凶的情节，可以确知其中的“妖怪”完全是精魅的意思。

而明以后的“妖怪”，所表示的就完全是我们所熟知的精魅义了，我们从小看《西游记》之类，对这个义项相当熟悉，所以这里就不用举例了。

需要特别说明的是，木石禽兽等经历岁月，吸收天地精华之后，不一定会成为妖怪，也有可能成为仙灵。本质上精魅和仙灵没有区别，如古书里常见的“狐仙”其实就是妖怪。人们把可爱的有益的精魅叫作仙灵，把可怕的有害的叫作妖怪而已。清代小说《妖狐艳史》里说：“山中有无数的洞府，洞中有万年的白狐、千年的黑狐、五百年的玄狐、皆可以成仙，可以得道。不食烟火之食，不贪人间之色，此为狐中之上等者也。最可恶的是一种臊皮打狐，名为妖狐。居在此山桃花洞中，也有百十多年的道业。”后面写了很多妖狐的荒唐行为。可想而知，其实道行深浅并非仙妖的分界线，善恶才是。

早期记载中的精魅，负面色彩特别明显。他们在故事中往往并没有恶行，就已经被人厌弃了。《搜神记》里有一则著名的故事，谓有一只花狐狸成精，对着墓前表木说自己要去试探张华的才学。表木劝阻，并表达了对自己命运的担忧。狐精不听，坚持前往，终于在文才上折服了张华。但是张华却猜出它是精魅，囚禁了它，并燃烧前面说到的表木来照见它的原形，最后烹煮了这只狐狸。这个故事里，狐精没有做半点坏事，表木更是无辜，但最后都在人的手上失去了性命。这样的例子还非常多，可见早期人们对这些异类的排斥心理是很强烈的。而近古记载中的精魅，负面色彩就相对淡了，尤其是《聊斋志异》这样的书问世以后。在近几十年“反封建”以及崇拜爱情的时代浪潮里，白素贞这样的妖怪就愈发受人喜爱了。

三、一切怪异事物

今天汉语中有相当多的词汇是从日本传来的。前些日子看到一则笑话，说晚清名臣张之洞对手下说：“不要在我面前提日本名词。”手下人却小声说：“‘名词’这个词就是日本来的。”此事真伪莫辨，但日语词汇大量进入现代汉语则是不争的事实。

有些词中国本土原本没有，比如“派出所”，完全出自日本；但是有的词，却是“出口转内销”的，比如“达人”，实际上这个词在《左传》中就出现了（表示通达之人），后来的贾谊、陶渊明等用之不辍，但这几年我们用的“达人（专业高人）”却是从日本来的。类似的还有“写真”，六朝时指的是画像，从日本传回来就指相片了。

日语“妖怪”一词，民国时进入中国，而近几年更加流行。伴生的是人们对“妖怪学”“妖怪文化”的喜爱，愈发明显。刚开始我感到很吃惊，因为我觉得从感情色彩上说这是颠覆国人观念的。后来我明白了，原来他们所说的“妖怪”指的是“一切怪异事物”，而这正是一个从日本传来的概念。

这个“妖怪”，非但不一定兆吉凶，而且也不一定被人们所畏惧和讨厌，甚至让很多人喜欢，这是它与中国原生的“妖怪”概念十分不同的一点。

日本权威辞典《广辞苑》中“妖怪”这个词条的解释是：“人知では解明できない奇怪な現象または異様な物体。ばけもの。”意思是：“人类的知识无法解明的奇怪现象或奇怪的物体。怪物。”

据我观察，源自日本的这种妖怪文化，本质上是一种审美表达，换句话说，日本人对他们所说的“妖怪”，通常有一种喜爱之情。虽然我个人对这种审美很抵触，但是不可否认它现在已经很大程度上进入许多中国年轻人的意识中。

日语“妖怪”一词的另外一个特点就是概念十分宽泛，就像前面我们所说的，它可以代指一切怪异事物。最近有本书，叫作“异兽：山海经主题涂色书”，在其出版社微博推荐此书的时候，我看到一位深受日本文化影响的大学老师，在转发时惊呼：“《山海经》里的妖怪！”而此书中出现的第一种“异兽”是猩猩这种古人觉得奇怪而今人觉得普通的动物，书里还有连日本“妖怪学”开创者井上圆了也不认为属于妖怪的凤凰。所以，这一惊呼让我意识到日语中“妖怪”的概念早已扩大化。也因此明白，一些所谓谈中国“妖怪文化”的东西，为什么既不讲这些“妖怪”所兆吉凶，也不讲它们是由什么东西“老化”或者吸收什么精华变化而来，只是单纯地看上去比较新奇刺激而已——因为这种思维、这一概念是日式的。

四、《山海经》与“妖怪”三义

以前我经常说，《山海经》里没有妖怪。真的没有吗？很多喜欢“妖怪文化”的朋友都很不同意我这点，他们认为《山海经》几乎就是妖怪之书。所以我对“妖怪”的概念作了如上梳理。下面我就来重新审视这个问题。

首先，从“预示灾祸的怪异事物”这个概念上来讲，《山海经》里是有很多“妖怪”的。清人陈逢衡《山海经汇说》中有一专篇，题目就叫“《山海经》占验已开后世《五行志》之先”。占验分吉凶：兆吉祥的即祥瑞，全书大概有6个，很少；兆凶者即妖怪，大概有49个，数量可观；还有2个存在争议。总之从这个意义上讲，《山海经》里确实记录了一些妖怪，比如预示大旱情的鲑鱼等等。

其次，从“物老所成之精魅”这个概念上讲，《山海经》里就几乎没什么妖怪了。以前我说没有，也是根据这个概念。但是也可以有一些其他的理解方式，比如《西次四经》中刚山上的神䰠就是妖怪，郭璞注说它“亦魑魅之类也”。前面说了，“魅”就是妖怪的古名。因此《海内北经》中的“袜”也应该是妖怪，因为“袜”就是“魅”的异体字。又，

《经》中“怪神”“凶神”，好像也应该算妖怪了。而明代通俗小说《有夏志传》更是大量将《山海经》中的“怪兽”“怪神”妖魔化，甚至其书第一回的题目就叫“禹王伊水捉蛇怪玄扈诸山服神妖”。

最后，从“一切怪异事物”这个概念上来讲，《山海经》确实是一部妖怪书。比如长得像狸猫，一只眼睛三条尾巴的讙兽，就被他们当作妖怪的典型，但它既不兆凶咎，又非炼化而成，所以我不会将之视作妖怪。这就是我跟那些受日本“妖怪文化”影响的朋友存在分歧的根本原因，即各自持有的观念存在巨大差异。

桂华秋皎洁

感　遇

兰叶春葳蕤，桂华秋皎洁。
欣欣此生意，自尔为佳节。
谁知林栖者，闻风坐相悦。
草木有本心，何求美人折。

［唐］张九龄

张九龄这诗，一句话概括就是，山林里“兰桂齐芳”，不用别人来欣赏，表现了诗人高洁的品格。

相信很多朋友跟我一样，对这首诗的认识是从《唐诗三百首》开始的。《唐诗三百首》的开篇就是这首诗。非常巧的是，《山海经》的第一篇第一章也讲到了桂。说：“招摇之山，多桂，多金玉……”

所以，我们也从桂树开始聊起。

刚巧桂树在中国文化里是一种很美好的意象，可以讨个口彩。比如我刚才用到的“兰桂齐芳”一词，从字面到内涵，都体现了中国人对桂树的喜爱。

先秦典籍中所谓桂，一般都是指今人讲的肉桂，而非别名木樨的桂花。

《山经》说桂有两处，第一处在《南山经》的开头，如前引。

肉桂生长在南方。《南山经》的开头讲的“招摇之山”，恐怕只是“西南方”的一个代名词，不能指实。

《山经》之外的《海内南经》也说“桂林八树”在番禺东。

桂，或者说“桂”皮，在古人的认识里是典型的南方物产。比如《说文解字》解释桂就说“江南木”，还有晋代的《南方草木状》、宋代的《桂海虞衡志》等等都明确地说桂产自南方。（据李善《文选注》，“桂海”就是“南方”的意思，因为南方产桂。）《楚辞章句·远游》：“嘉南州之炎德兮，丽桂树之冬荣。”意思是，南方温暖，适合植物生长，桂树一年四季常绿，作者很羡慕。

《楚辞》是南方的作品，所以里面提到桂的次数比较多，兰桂啦，桂酒啦。《诗经》所涉及的地域没有延伸到今天意义上的南方，所以桂树对“诗人”来说应该比较陌生，三百篇中就没有写到桂树的。

比较奇怪的是《山经》说到桂的第二处，也就是《西山经首》中提到的“皋涂之山”，“其上多桂木”。

皋涂之山跟招摇之山不同，它的地理方位是可考的，学者们一般认为它在今天甘肃南部的岷县，相对靠北。那么在先秦时期该地区的气候条件是怎样的呢？有没有桂树的生长呢？

《西山经首》所反映出的当时气候条件似乎确实不错，《西山经首》中出现了大熊猫，这会在本书稍后的《食铁之兽》一文中讲到。

我们下面来看郭璞的《山海经注》。

郭璞是解释桂树了的，但是后来的很多注释家却没有加以重视。甚至撰写《离骚草木疏》，关心《山经》《楚辞》关系的宋人吴仁杰，在解释桂的时候，也只字没提《山经》，可见后人对这个问题不甚注意。

郭璞还是比较重视桂树的，除了在《山经》的注释里作了重点介绍，在《上林赋》注和《尔雅·释木》注中，也进行过重点介绍，另外郭璞《山海经图赞》的第一种也是《桂赞》。

今所见有关《山海经》的图画中都没有桂树，但是看郭璞的赞，可知曾经是有过的。我也只在传说中为郭璞所作的《尔雅音图》里找到了桂树的形象。

我们来看郭璞的解释：

桂，叶似枇杷，长二尺余，广数寸，味辛，白花，丛生山峰，冬夏常青，间无杂木。《吕氏春秋》曰：招摇之桂。

《山海经·南山经》“多桂”注

桂似枇杷叶而大，白花，花而不着子，丛生岩岭，间无杂木，冬夏常青。

《上林赋》“桂椒木兰，檗离朱杨”注

今南人呼桂厚皮者为木桂。桂树叶似枇杷而大，白华，华而不着子，丛生岩岭，枝叶冬夏常青，间无杂木。

《尔雅·释木》“梫，木桂”注

释文中提到的“辛”相当于我们今天所说的辣。古中国没有辣椒，（辣椒是明代作为一种观赏植物传入的，清以后才开始被普遍食用。）古人饮食中的辛辣味道，主要是从姜、蒜、桂这些植物中获取的。

桂除了辣，还有一种香气，使得人们更喜欢吃了。

《庄子·人间世》站在桂的角度，不无伤感地说：“桂可食，故伐之。”《礼记》里常出现“姜桂”，可见当时人们已经普遍食用桂皮了。

“桂华秋皎洁”，就是桂花白而亮的意思。

“丛生山峰，冬夏常青，间无杂木”，就是说桂树成林，其中不长别的树木，故而纯粹。《桃花源记》：“桃花林夹岸，数百步中无杂树。”也是这意思。

唐宋以后的很多图画上面，月宫中的树肯定是桂树，因为那时月中桂树的传说已经很通行了。但是月亮里面有桂树的传说是从什么时候开始有的呢？我找到的最早的文字记录是晋代虞喜的《安天论》：

俗传月中仙人桂树，今视其初生，见仙人之足渐已成形，桂树后生焉。

《太平御览》卷四引

晋朝其实已经比较晚了。河南洛阳出土的西汉时期的卜千秋墓壁画中，月亮上有一只蟾蜍和一棵树，树干赭红色，花叶紫色。这棵树是不是桂树呢？我觉得是。树干之所以是赭红色，可能是因为桂树生长在南方，南方对应赤土。花叶之所以是紫色，可能跟道家认为紫色是一种祥瑞之色有关。

我还发现《淮南子》佚文有“月中有桂树”这么一句（见于宋《太平御览》卷九五六、《全芳备祖前集》卷一三等），存以俟考。

狸奴·小於菟

一

哪种古典文学作品中出现了猫?

跟我熟的朋友大概马上就会说:“《狸猫换太子》。”是的,我喜欢《三侠五义》,当然首先会说《狸猫换太子》。

《三侠五义》原书其实可以分三部,第一部可以叫作“狸猫换太子”,第二部就是“五鼠闹东京”,第三部是“襄阳平叛”。大家可以看到,前面两部分都跟猫有莫大关系。

《狸猫换太子》的故事是说,李妃生下的太子,被刘妃和太监郭槐设计用剥了皮的狸猫换走。

《五鼠闹东京》说的是五鼠弟兄主要是老五白玉堂,看皇帝封南侠展昭作“御猫”,很不服气,就来找他比试高低的故事。

联系这些故事的创作背景,我们可以知道,明清时养猫文化已经很流行了。

清代还出现了专门写猫的书,如《猫乘》(“乘”的意思是历史)、《衔蝉小录》和《猫苑》。

二

那么国人从什么时候开始大量养猫的?

有人认为是唐代。有一个传说是，中国本没有猫，唐僧去西天取经才带回养猫文化。这当然不是真实的历史，但唐代之前国人没有大量养猫，则是真实的。据考察，养猫风俗兴盛起来的时代是宋，也就是《三侠五义》故事的时代背景。

那养猫的名人都有谁呢?

当然，这个问题跟前一个问题一样，答案多种多样。比如黄庭坚，有诗为证：

乞猫

秋来鼠辈欺猫死，窥瓮翻盘搅夜眠。

闻道狸奴将数子，买鱼穿柳聘衔蝉。

“狸奴”就是猫。今天我们所说的“猫奴”指的是人，养猫成癖的人。古人所说的“狸奴”却是指猫本身，是对猫的爱称。

“小於（wū）菟（tú）”也是猫的别称。“於菟”是老虎，“小於菟”的本义是小虎，但是常常被用作猫的代称。

乞猫二首　其一

春来鼠壤有余蔬，乞得猫奴亦已无。
青蒻裹盐仍裹茗，烦君为致小於菟。

［宋］曾幾

这首诗，是我所找到的“狸（猫）奴”“小於菟”出现在一起的最早的诗。

曾幾是陆游的老师。

陆游是个高产诗人，他提到猫的诗也非常多，有20多首——要知道《全唐诗》中写到猫的诗总共才11首——其中很多是专门写猫的。比如：

赠猫

盐裹聘狸奴，常看戏座隅。
时时醉薄荷，夜夜占氍毹。
鼠穴功方列，鱼餐赏岂无。
仍当立名字，唤作小於菟。

嘲畜猫

甚矣翻盆暴，嗟君睡得成。
但思鱼餍足，不顾鼠纵横。

欲聘衔蝉快，先怜上树轻。

朐山在何许，此族最知名。

陆游自注："俗言猫为虎舅，教虎百为，惟不教上树。又谓海州猫为天下第一。"想必大家都听过这个故事，猫是老虎的师父，教给了老虎很多本领，最后老虎忘恩负义想吃掉猫，猫爬到树上才幸免于难，老虎又求猫教它上树，猫再也不肯了。从陆游的记载看，这个传说早在宋朝就已经有了。又：

鹦鹉笼寒晨自诉，狸奴毡暖夜相亲。

又：

谷贱窥篱无狗盗，夜长暖足有狸奴。

陆游他他他，竟然用猫来暖被窝暖脚!!

十一月四日风雨大作

风卷江湖雨暗村，四山声作海涛翻。

溪柴火软蛮毡暖，我与狸奴不出门。

陆游又说“勿生孤寂念，道伴有狸奴”，看来他也把猫当作精神伴侣，这点跟今天很多“猫奴”是一样一样的。

三

那么，养猫的历史可以追溯到什么时候呢？西方讲养猫历史，一般会追溯到古埃及。中国的话，从文献上看，最早的明确养猫记录，见于南朝顾野王的《玉篇》。顾解释“猫”的时候说：“似虎而小，人家畜养令捕鼠。”（见［唐］慧琳《一切经音》引。）那南北朝以前人们普遍养来抓老鼠的，是什么呢？是狗。狗拿耗子的事，我们《山海经博物漫笔》后文聊到狗的时候，将重点介绍，这里略过。

《庄子》对猫有特别的观察记录：

子独不见狸狌乎？卑身而伏，以候敖者；东西跳梁，不避高下；中于机辟，死于罔罟。今夫斄牛，其大若垂天之云。此能为大矣，而不能执鼠。

《逍遥游篇》

“卑身而伏，以候敖者”，这句相当传神，后来常被引用以描述猫。又：

骐骥骅骝，一日而驰千里，捕鼠不如狸狌，言殊技也。

《秋水篇》

这句与前引《逍遥游》中的那句异曲同工。

后来这段话被辗转化用。《尸子》："使牛捕鼠，不如猫狌之捷。"又："鸡司夜，狸执鼠，日烛人，此皆不令自全。"《韩子·扬权篇》："使鸡司夜，令狸执鼠，皆用其能。"《说苑》："骐骥䮍駬，倚衡负轭而趋，一日千里，此至疾也。然使捕鼠，曾不如百钱之狸。"

前引两段《庄子》，其中的猫应该说更像野生的，一则它被与黄鼠狼（狌）并提，二则"中于机辟，死于罔罟"说明它是被捕猎的对象。同样从《尸子》那两条看，猫也不像家养的。但是后面三条所描述的就比较像家养猫了。"让鸡去打鸣报时，让猫去抓老鼠，都是因为它们有相应的能力"，人在其中的主导地位比较明显。以百钱买来捕鼠的猫，绝不是作为猎物的死猫，只能是作为家畜的活猫。置之宫室使之捕鼠，就更能说明它的家养性质了。

此外家养猫的相关记载还有：

狸执鼠而不可脱于庭者，为搏鸡也。

《淮南·泰族篇》

就是说，猫会抓鸡吃，所以不让它到院子里。不让猫到院子里，那它在哪儿？当然是屋子里。这就间接证明养猫事实的存在了。

坏塘以取龟，发屋而求狸，掘室而求鼠，割唇而治龋，桀跖之徒，君子不与。

《淮南 · 说山篇》

"发屋而求狸"就是拆了屋子抓猫，说明猫在屋子里，也可以间接证明养猫事实的存在。

郭璞《尔雅注》里还说有一种猿猴叫"蒙贵"，"可畜，健捕鼠，胜于猫，九真、日南皆出之"，捉老鼠比猫还厉害。《一切经音义》说"山狖"引《苍颉篇注》："似猫，搏鼠，出河西。似弥猴而大，苍黑色，江东养之捕鼠，为物捷健也。"都间接说明养猫捕鼠在当时已成为社会通行做法。

而近年还有国际上的研究报告，称找到了考古证据，可以说明中国人早在5000多年以前就开始养猫了。所以上面那些国人养猫的暧昧证据，又都得以增添了分量。

但这些材料很难串成证据链，它们很可能只是国人试图驯化亚洲野猫、豹猫等动物的历史痕迹。

四

今天的城里人养猫，很多已经脱离捕鼠这个实用目的，而更加偏向寻求精神伴侣。

《山海经》中恰恰有条疑似相关的内容：

有兽焉，其状如狸而白尾，有鬣，名曰朏朏，养之可以已忧。

《中山经首》

就是说，有种动物长得像猫，有一条白尾巴，身上有长长的毛，名字叫作朏朏，豢养它可以消除忧愁。咦？这不就是白尾巴狮子猫么?!（玩笑。）

这段话有时会被当作中国最早的养猫记录。严格意义上的"养猫"，是豢养家猫，而非简单的像养狮子老虎那样囚禁喂食它们。也就是说，养猫是人猫的双向选择结果，人和猫相互适应与对方生活在一起。《山经》中的朏朏本生活在山中，似乎并非家猫可比。

又有人说《楚辞·山鬼》"乘赤豹兮从文狸，辛夷车兮结桂旗"的"文狸"，即下面我们要说的灵猫。但我觉得《山海经》里"养之可以已忧"的"朏朏"，才更像可爱女神的小跟班儿呢。

有兽焉，其状如狸而有髦，其名曰类，自为牝牡，食者不妒。

《南山经首》

“其状如狸而有髦”，那不还是狮子猫吗?!（玩笑。）

古人多认为这里说的类兽即灵猫。灵猫背部中央有一条竖起来的黑色鬣毛，呈纵纹形，直达尾巴的基部，即所谓“有髦”。古人其实更多地注意到灵猫身上可以出产香料，所以它有个别名“麝香猫”。而其香腺正长在会阴部位，所以古人误以为它是雌雄同体，即所谓“自为牝牡”。古医书还认为它有一种“镇心安神”的药效，这也许就是所谓“食者不妒”。

有兽焉，其状如狸而白首，名曰天狗，其音如榴榴，可以御凶。

《西次三经》

有一种动物，它的样子长得像猫，脑袋是白色的，叫起来发“榴榴”的声音。看描述我们会觉得它很像是种猫。但是它的名字却叫作“天狗”！其实这个“狗”字，跟狗这种动物，可能也没什么关系。就像《山经》中有一种叫“毚”的动物，就跟猪没有任何关系，类似的例子还有很多。

有兽焉，其状如狸，一目而三尾，名曰讙，其音如夺百声，是可以御凶，服之已瘅。

《西次三经》

前面我们说的“白尾巴狮子猫”“雌雄同体狮子猫”“白脑袋小猫咪”，还有下面要说的“白脑袋虎猫”，都是可以从自然角度来理解的，尽管还是有些奇异处，但“已忧”“不妒”只是药效，“御凶”跟喜鹊报喜类似，其实也都是很好解释的，而这里的讙兽“一目三尾”，确实不像自然界真实存在的动物。有人将经中的“讙”读作“獾”，但也没什么根据。正是这种非自然属性，使得这种讙兽，在当下流行的日式“妖怪文化”的影响下，比较受欢迎。

有兽焉，其状如狸而白首，虎爪，名曰梁渠，见则其国有大兵。

《中次十一经》

有人说梁渠是头上有白花纹的果子狸（又名花面狸），但果子狸明显不够凶猛，“虎爪”“兆兵”不像它的风格，所以梁渠明显是另外一种凶猛的猫科动物。

通过上面四种“如狸”之兽，我们可以看出，《山经》里的动物虽然有些确实神性色彩比较浓，但也有很多是可以通过自然科学来解释的。

五

现在有一种图案很受欢迎，网上纷纷在传它就是甲骨文中的“猫”字，因为它们确实有点像呆萌的小猫咪。字形是这样：

但是毫无疑问这个是“鼎”字。至于甲骨文中的真正的“猫”，却被一般人所忽略。就是：

这个字今天我们写作“豸”，读zhì。有学者指出，古文字中，猫、貌、豸字相通，都是“卑身而伏，以候敖者”的猫，“豸”即“猫”（貓）的本字。（《古文字诂林》引马叙伦说。）总之豸的字形字义，才跟猫更加接近。

从上面的误会和事实里我们也可以看出，在上古时期人们的认识中，猫的形象主要是凶猛，而非“呆萌”。

附：大唐长安的狸猫魅影

2016年夏天，网上沸沸扬扬地传了几天西安碑林博物馆“网红猫”被驱逐的新闻，后来结果如何，我没有关注，只是由此想起大唐长安城中恶猫的故事。

国人养猫的历史其实并没有特别长，六朝时养猫的习气还不是很盛行，唐以后才逐渐多了起来。然而武则天得势以后，宫廷里却是不许养猫的。为什么呢？

原来，高宗李治时期，王皇后、萧淑妃，还有武昭仪（则天）三人争宠，最后当然是武则天取得全面胜利，当上了新皇后。其过程十分惨烈恐怖，王后和萧妃最后甚至被斩去双手双脚像“醉枣”“醉虾”那样被“醉”了起来。

王皇后性格软弱，只会说：“陛下万年，昭仪承恩，死吾分也。”萧淑妃性格刚强，撂下狠话：“愿阿武为老鼠，吾作猫儿，生生扼其喉！”这是《新唐书》中的原话。

萧妃这句铿锵有力的诅咒，一直萦绕在武则天脑海。一到晚上，她就梦见王后和萧妃披散着头发流着鲜血的恐怖模样，吓得她到处搬家。从此，武则天看到猫就胆寒，宫中遂不得养猫。

当时的阎朝隐《鹦鹉猫儿》一诗的序文说：“鹦鹉，慧鸟也；猫，不仁兽也。”还有这样一个传说：武则天养了一只温驯的猫，可以和鹦鹉和平共处，甚至共进午餐。武则天就拿来在众人面前炫耀。结果传看两下，猫儿本性暴露，咔咔两下就把鹦鹉咬死吃掉了，把武则天弄了个下不来台。其实，“鹉”谐音“武”，鹦鹉被猫杀死，预示的是武氏天下要玩完。人们编这个段子，就是为了诅咒武周政权。

但不管怎么说，长安猫儿的凶残，在这两个故事中已经展露无遗了。

武则天的上位，跟李义府这家伙的扶助是有一定关系的。李义府看起来人畜无害，温良恭俭让，但实际上阴险毒辣，掌了权之后，谁要是有那么一丁点儿让他不满意，他就想方设法加以陷害。当时长安人民说李义府“笑中藏刀”，又因为他“柔而害物”，给他起了个外号叫“李猫”，或者“人猫”。可见人们对猫的印象也是“柔而害物”啊！

唐代宗大历十三年（778）六月，有人从地方上给皇帝进献来了“祥瑞”，是什么呢？“猫鼠同乳不相害”，就是猫和老鼠和平共处，一起吃奶。

用今天的科学眼光来看，这并没有什么，因为猫捕鼠并非“天性”，而是后天学习和训练的结果。但是古人并没有这样的认知水平，所以“猫鼠同乳不相害”才会被傻瓜节度使拿来讨皇帝欢心，而傻瓜宰相竟然率领百官称贺。

当时有个中书舍人叫崔祐甫，是个明白人。他引经据典，把道理一摆，说猫不抓老鼠，这不是啥祥瑞，反而是不祥之兆，吧啦吧啦，说得皇帝一愣一愣，连连称是。

后来，“猫鼠同乳”成了一个成语，比喻上上下下狼狈为奸。

总结起来，至少部分古代长安人民对猫的印象，是“生生扼鼠喉”式的凶残，是“不仁之兽”，是“柔而害物”，是“猫鼠同乳”式的狼狈为奸，跟今天网上呼吁保护碑林“网红猫”的小清新们，看法恰恰相反……

我当二十不得意　一心愁谢如枯兰

一、诗鬼与兰

李贺留存下来的诗不多，但是其中写到“兰”的内容还是不少的。比如《李凭箜篌引》：“昆山玉碎凤凰叫，芙蓉泣露香兰笑。”《金铜仙人辞汉歌》：“衰兰送客咸阳道，天若有情天亦老。”一句奇诡，一句哀艳，皆千古名句。

《晚笑堂画传》中的李贺

还有一首，现在可能不像上面两首那么有名，但我个人特别喜欢，这就是被评作“参差苦涩，无限惨黯”的“鬼诗”《苏小小墓》，其首句为：“幽兰露，如啼眼。”本来，“幽兰”在古代典籍中多被用来比喻高洁君子，李贺却用它来比喻女鬼——我们也说不清，他是将幽兰比作女鬼，还是将女鬼比作幽兰，是说露如泪还是说泪如露，是写景还是写人，是起兴还是直入主题……总之那种苦涩那种惨黯，碾过人心。

本文题目用的那一句，出自《开愁歌》，全诗是这样的：

秋风吹地百草干，华容碧影生晚寒。
我当二十不得意，一心愁谢如枯兰。
衣如飞鹑马如狗，临岐击剑生铜吼。
旗亭下马解秋衣，请贳宜阳一壶酒。
壶中唤天云不开，白昼万里闲凄迷。
主人劝我养心骨，莫受俗物相填豗。

整首诗写的就是“落魄”，有种生无可恋的感觉。学诗的朋友说，写诗千万不要写这样的句子，否则容易一语成谶……这倒不是迷信，千年之下的我们读到这样的诗尚且心肝摧折，每每欲掩卷痛哭，想到这儿，就会明白李贺为什么短命了。

二、枯兰为谶

“一心愁谢如枯兰”背后有一则典故。

春秋时期，郑文公身边有一个地位比较低的女奴，来自南燕国，姓姞，被称作燕姞。她梦见天使给自己兰草，并对她说：“我是你的祖先伯儵。我把这束兰草送给你做孩子。因为兰有国香，佩戴它就会被别人所喜爱。”后来郑文公见到燕姞，赐给她兰草，临幸了她。燕姞说：“奴婢有喜了。我怕将来人家不信您是孩子的父亲，要用您赐我的兰做凭证，可以么?”文公允诺。于是她生下儿子，就取名为“兰”，即公子兰。

公子兰经历过乱离。郑文公将他和其他公子驱逐出境，他逃到晋国，后来又跟着晋文公讨伐自己的国家。郑国大夫石癸说：“我听说姬姓和姞姓联姻的话，子孙必定兴旺。姞，就是吉祥人啊，我们周人始祖后稷的正妻就姓姞。现在公子兰的母姓就是姞，有天启说他必定会做国君，他的后代必定会兴旺。”于是公子兰被接回郑国，郑晋达成协议立他为世子，两国休兵和好。后来公子兰即位，作了约二十年的国君。最后他生了病，说：“我是感应了兰的神性而生的。兰草死了，我也要死了吧!”果然，割掉兰草之后，郑君就死了。当时是冬天，正是兰草彻底枯干的季节。

郑伯兰在位期间，郑国相对安定，即使发生战争也以郑国胜利告终。他死后，部分后代成为穆氏，在郑国很兴旺，很多都做了大夫。人们认为这些都是“天启”“感生”的结果。

“天启”“感生”这种事，在我们今天看来有些荒唐，而很多古人却对之深信不疑。李贺写这句诗，大概也是说自己得到了命不久矣的预兆，即将像秋兰一样萎绝了。

三、《山经》之兰

《左传》里说“兰有国香，人服媚之”，所以被燕姞的先祖拿来托生为她的孩子。与之相关的，《山经》中也有这样一个条目：

青要之山：有草焉，其状如葌而方茎，黄华，赤实，其本如槁本，名曰荀草，服之美人色。

《中次三经》

一些学者认为，这里的“葌”是“兰”的通假字，《山经》中的“葌”都是指兰草。如此说来，这里说的荀草，也很可能是一种兰草，“服之美人色”即《左传》所言“人服媚之”。

《中次二经》中还有葌山、葌水。出现在专名中的字，我们不好判断它的含义，但是“葌”字还出现在下面这些条目中：

吴林之山：其中多葌草。

洞庭之山：其上多黄金，其下多银铁，其木多柤梨橘櫾，其草多葌、蘪芜、芍药、芎䓖。

吴林山的情况比较简单，洞庭山的内容比较丰富。《山经》中对山的描写常常是带有独特语境的。比如上文提到的青要之山，叙述内容充满生殖崇拜色彩，所以“服之美人色”的荀草会出现在那里；对洞庭山的记述是以宝地为基调的，所以我们在这里看到黄金、白银、黑铁，看到柤、梨、橘、櫾这些“皆可于口”的水果。芍药、蘼芜、芎䓖都是香草，䕡（兰），自然也是香草。

至于我们常用的“兰”字，《山经》中也出现了一次。

苦山：其上有木焉，名曰黄棘，黄华而员叶，其实如兰，服之不字。

黄棘木是一种什么植物，我也不清楚。“其实如兰”是不是说它的果实形状像兰草的果实？可兰草的果实很小又毫无特色，一般人很难注意到它们的存在，不知道《山经》为什么偏偏拿它做比。难道，“其实如兰”的意思是它的果实像兰草一样芬芳吗？

豕与彘有什么不同?

《山海经·五藏山经》中有很多与猪有关的内容。其中最常见的表示猪的词汇是“彘”(出现了20次),其次是“豚”(10次),再次是“豕”(6次),然后还有“豪”和“豱”(各1次),此外还有指羊和猪的“少牢”(6次)和指牛羊猪的“太牢”(9次)。

据此可以发现出一些问题,比如古人比较关注小猪(豚),等等。

今天我们主要分析一下其中的“豕”与“彘”。

“豕”与“彘”在我们后来的理解中好像没有什么差别,“豕”就是“彘”,“彘”就是“豕”。

上面就是古文字中的“豕”和“彘”。我们可以看到,“豕”和“彘”都是猪,区别是“彘”字比“豕”字多出了一支箭(矢),而且这支箭还是刺向或刺入、刺穿猪身体的。

有人认为这个“矢”只是一个声符,并不表义。(像王力《同源字典》就认为“彘”“豕”是同源字。)且从各种用例来看,“彘”身上的箭好像也确实没表达什么含义。

但是,有一次我翻看杂志,在1992年的《文史知识》上看到一篇《“豕”“彘”辨》,作者是程义铭。该文主要观点是，早期文献中，“豕”和“彘”是有区别的，“豕”表示野猪，“彘”表示家猪。

他举的例证中，我觉得最有说服力的是《孟子》。

鸡豚狗彘之畜，无失其时，七十者可以食肉矣！……狗彘食人食而不知检……

《梁惠王上》

五母鸡，二母彘，无失其时，老者足以无失肉矣。

《尽心上》

与木石居，与鹿豕游。

《尽心上》

食而弗爱，豕交之也。爱而不敬，兽畜之也。

《尽心上》

很明显，这里面作为家畜的是“彘”，而被用来强调野性的是“豕”。

然后，作者又举了好多其他文献中的例子来证明他的观点，虽然其中少数例证并不是很有说服力，但他的观点还是让我产生了很大兴趣。

早期文献中的“豕”字（引自季旭昇《说文新证》，台北：艺文印书馆，2004年）

早期文献中的“彘”字（同上）

于是我找古书去求证，结果是，有些文献并不支持他的观点，“豕”也常被用来表示家猪，比如《庄子》中的“豕”字表示的都是家猪。

但我用《山海经》去验证这个观点时，却使它显得很有道理。

尧光之山： 有兽焉，其状如人而彘鬣。

《南次二经》

鸡山： 黑水出焉，而南流注于海，其中有鲑鱼，其状如鲋而彘毛，其音如豚，见则天下大旱。

《南次三经》

竹山： 有兽焉，其状如豚而白，毛大如笄而黑端，名曰豪彘。

《西山经首》

大咸之山： 有蛇，名曰长蛇，其毛如彘豪，其音如鼓柝。

《北山经首》

北岳之山： 有兽焉……彘耳。

《北山经首》

自单狐之山至于堤山：其祠之毛，用一雄鸡、彘瘗，吉玉用一珪，瘗而不糈。

《北山经首》

北嚣之山：有兽焉……彘鬣。

《北次二经》

自管涔之山至于敦题之山：其祠毛，用一雄鸡、彘瘗，用一璧一珪，投而不糈。

《北次二经》

阳山：留水出焉，而南流注于河，其中有䱻父之鱼……鱼首而彘身。

《北次三经》

自太行之山以至于无逢之山：其十四神状皆彘身而载玉。其祠之，皆玉，不瘗。其十神状皆彘身而八足蛇尾。其祠之，皆用一璧瘗之。

《北次三经》

楸䓞之山：食水出焉，而东北流注于海，其中多鳙鳙之鱼……其音如彘鸣。

《东山经首》

犲山：有兽焉，其状如夸父而彘毛，其音如呼，见则天下大水。

《东山经首》

剡山：有兽焉，其状如彘而人面。

《东次四经》

昆吾之山：有兽焉，其状如彘而有角。

《中次二经》

蔓山：有兽焉……其毛如彘鬣。

《中次四经》

复州之山：有鸟焉……彘尾，其名曰跂踵。

《中次十经》

几山：有兽焉，其状如彘。

《中次十一经》

自翼望之山至于凡山：其神状皆彘身人首。

《中次十一经》

自休与之山至于大騩之山：其十六神者，皆豕身而人面……其余属皆豕身人面也。

《中次七经》

美山：其兽多兕牛，多闾麈，多豕鹿。

《中次八经》

琴鼓之山：其兽多豕鹿，多白犀。

《中次八经》

玉山：其兽多豕鹿麢㚟。

《中次九经》

江浮之山：其兽多豕鹿。

《中次十二经》

可以看出：

第一，家猪身上的鬃毛很引人注意，所以古人对它有特别的记录。《山海经》中它们被写作“彘鬣”“彘毛”“彘豪”，没有一例是写作“豕鬣”“豕毛”“豕豪”的。《山海经》的作者明显更熟悉“彘”(家猪),而非“豕”(野猪)。

第二,《山海经》每次正面写到野猪的时候,都是用“豕”字,没有用“彘”的。很明显,“彘”是家猪,所以古人对它较熟悉,设譬用“彘”,不用“豕”。“豕”是野猪,所以古人把它跟鹿、麢(羚羊)、㲋(chuò,兔形兽)这些野兽写在一起,只会说山中“兽多豕鹿”,而不会说“兽多彘鹿”。

大家可能会想,这跟“矢”又有什么关系呢?好像带箭的猪更可能是野猪,家猪可以直接用刀宰杀,不需要用箭去射,而野猪不受控制,所以需要先用箭射死。“彘”字带箭,怎么反而是家猪呢?而且这根箭明显是插入猪身体内的。

“雉”表示“野鸡”,“雉”字就带着箭。“鸡”(鷄)表示家鸡,“奚”旁大概就表示家鸡跟着人乖乖的样子(傒)。同理,带箭应当是野生的标志,不带箭才表示家养。

但或许,古人就是在“豕”(野猪)身上加上了象征人类知识的“矢”,从而使“彘”具有了家猪的意思,又或许“矢”只是单纯的声符而不表意?

情况是比较复杂的,我们找不到明确的答案。

下面我说一个晚出的字“鹜”。“鹜”字从“敄”从“鸟”,“敄”是捕猎工具,类似于“矢”。“鹜”,我们知道是鸭子,但到底是家鸭还是野鸭呢?这在古代是有争议的:

鹜，野鸭也。（张华）

可畜而不能高飞者曰鸭，野生而高飞者曰鹜。（毛晃）

野鸭为凫，家鸭为鹜。（尸子、任渊）

凫，野鸭名；鹜，家鸭名。（舍人、李巡）

在野曰凫，在家曰鹜，并鸭也。（李巡）

野鸭曰凫，家鸭曰鹜。（孔颖达）

鹜，飞行舒迟，驯扰不畏人，今之家鸭也。野鸭曰凫。（朱骏声）

（见宗福邦等《故训汇纂》）

说到“鹜”，大家最容易想到的恐怕是《滕王阁序》里的名句“落霞与孤鹜齐飞，秋水共长天一色”，这里的“鹜”无疑是野鸭，但是我们看另外一个例句“鹅鹜之舍近，鹍鸡鹄鸨之通远”（《管子·轻重》），其中的“鹜”却明显是家鸭。“鹜”有时是野鸭，有时又是家鸭，真让人感觉迷惑……比“豕”和“彘”的问题更混乱。

古文字的有趣，正表现在这些“混乱”中。

忘忧草

“忧”是人类永恒的话题。庄子说：“人之生也，与忧俱生。”“忧”这个词在《山经》中总共出现了三次。其中一次是说有一种灵猫“朏朏”，人们豢养它的话可以消除忧愁，这个我在前文中已经重点讲过了。下面我们再说说另两种异物。

一

《北山经》里说，有一种鱼，叫作“儵鱼”，人们吃了它的话可以消除忧愁。具体描述是这样的：

带山： 彭水出焉，而西流注于芘湖之水，其中多儵鱼，其状如鸡而赤毛，三尾、六足、四首，其音如鹊，食之可以已忧。

三条尾巴六条腿四个脑袋的红毛鸡？竟然还生长在水里？虽然书本内容以平实为主，对每种物产都试图给出合理化解释，推测它们在今天分别是什么叫什么，但是对这种“鱼”我们却不好考证，它的样子实在太奇怪了。有些点倒是好解释，尾巴分三岔就可以说是三尾了，而昆虫都是六条腿，红毛、鹊音就更没什么奇怪的了，但是四个脑袋，就很不好说。尤其是以上要素组合起来，就更难解释了。它到底是鱼类呢，还是鸟类？是昆虫呢，还是别的？

对于很多爱吃的朋友来说，有得吃就快乐，吃的是什么不在乎，管它是鱼是鸟还是虫呢，“儵鱼”到底是什么，这是不重要的。

巧合的是，《庄子·秋水篇》中也出现了“儵鱼”，而且也跟忧乐的话题有关。

庄子与惠子游于濠梁之上。庄子曰：“儵鱼出游从容，是鱼之乐也。”惠子曰：“子非鱼，安知鱼之乐？”庄子曰：“子非我，安知我不知鱼之乐？”惠子曰：“我非子，固不知子矣；子固非鱼也，子之不知鱼之乐，全矣！”庄子曰：“请循其本。子曰‘女安知鱼乐’云者，既已知吾知之而问我。我知之濠上也。”

大胆假设一下，庄子当时看到的“儵鱼”就是《山海经》里说的这种，传说吃了它可以消除忧愁，而庄子是主张万物各遂其性的，不支持人侵害其他物种的利益来使自己快乐，所以才说那句话，没成想惠子跟他抬上了杠……

但是很明显这两种“儵鱼”不是一回事。因为《庄子》里说的这种儵鱼其实是白鲦鱼，在《山海经》“县雍之山”“栒状之山”等条目中也写到了，跟我们说的“食之可以已忧”的“鯈鱼”同名异物。

日本明治本《山海经》插图中的鯈鱼（右下）和罗非之鱼（左上）

有人说，“鯈鱼”就是鱿鱼，与它相邻的“何罗之鱼”则是章鱼之类的。有铁板鱿鱼吃，人倒是可能会高兴，可是这些“海鲜”怎么可能生活在西北内陆呢？

二

下面我们来说本文的重点，就是忘忧草。

《山海经》中提到一种草，叫作鬼草，名字起得比较吓人，但是人佩戴了它却能忘记忧愁。

牛首之山：有草焉，名曰鬼草，其叶如葵而赤茎，其秀如禾，服之不忧。

具体分析的话，我们不得不再次遗憾地承认，这“鬼草”是什么我们仍然不知道……“其叶如葵”的葵应该是葵菜（绝不是明代才进入中国的“向日葵”），“青青园中葵”在古代中国是很常见的蔬菜。“其秀如禾”，就是说它开的花像禾本植物那样。现今留存的《山海经》的配图里也没有植物，“鬼草”的形象我们也无从见到。

说到“服之不忧”的草，我们不妨多说一点。现在能给我们带来所谓“快乐”，麻痹我们痛苦神经，甚至使我们产生幻觉的东西，很多都是从植物那里得到的，比如酒精、烟草和毒品。如此说来，我猜鬼草可能就是一种让人麻醉，产生幻觉的植物。这样说是不是比较“毁小清新”？可能有的朋友听到“忘忧”这个词就感觉比较浪漫，但借助外物的“忘忧”终究会让人产生依赖，真正的“忘忧”只能求助于自己。

三

为了理解郭璞的《山海经图赞》，我们需先谈一下魏晋南北朝文学的特点。这一方面是一个纵欲的时期，中国历史上最荒唐最放荡的时代莫过于此；另一方面它又是一个充满忧愁的时期，或许是因为纵欲势必带来空虚，带来忧愁。下文我们还会提到江淹、庾信，他们都以写忧的文学为人称道。江文通有写“自古皆有死，莫不饮恨而吞声”的《恨赋》，庾兰成有写“日暮途远，人间何世；将军一去，大树飘零”的

《哀江南赋》。

史上第一个对《山海经》作系统研究的人郭璞，就是酒色无度的人。“词赋为中兴之冠”的他，最有名的作品是《游仙诗》，乍听起来好像写的是逍遥快活的神仙生活，其实其中饱含着“遐邈冥茫中，俯视令人哀”的忧愁。所以，下面我们会看到，郭璞《山海经图赞》中写忧的内容是比较能让人动容的。

《山海经图赞》都是四字一句，两句一联，三联一篇，每篇三韵，句式齐整。明朝有人说郭《赞》：“率就物遣词，辞足映物，简令质雅，翼翼有古诗风格，视江、庾诸赞颂，便整丽纤弱，风斯下矣。王弇州谓当列于《诗纪》，有旨哉！”（沈士龙《山海经图赞补遗跋》）是对其文学价值的充分肯定。

四

郭《赞》中有两篇跟我们今天讨论的内容有关，即《儵赞》和《鬼草赞》。

儵赞

汩和损平，莫惨于忧。
诗咏萱草，山经则儵。
壑焉遗岱，聊以盘游。

“汩”就是乱。“诗咏萱草”指的是《诗经·卫风·伯兮》说“焉得谖草，言树之背”。《伯兮》这首诗说的是女子因为思念远行的丈夫，所以想把萱草种在北堂，好让自己暂时忘记这份忧愁。

中国古代所谓的“忘忧草”有多种，其中最不为人知的就是本文的主角“鬼草”。还有一种被称作“忘忧草”的植物是合欢，“榆树”的“榆”字也容易让人联想到“愉快”，而最有名的就是《诗》里面的“萱草”。所以郭璞说到“忘忧”时很自然地就提到“诗咏萱草”了。

鬼草赞

焉得鬼草，是树是艺？
服之不忧，乐天傲世。
如彼浪舟，任波流滞。

这两篇《赞》，都让人感觉到一种道家情怀，尤其是各自的最后两句。“蹔焉遗岱，聊以盘游”是说在山林中，“如彼浪舟，任波流滞”是说在江湖中。

《鬼草赞》的前两句是模仿《诗经》的，《儵赞》使用的也是诗化的语言，个人觉得这两篇“忘忧赞”是《山海经图赞》中最美的。

五

《山经》里还有“服者不怒”的帝休《中次七经》，人或称其为“不愁木”；还有“可以释劳”的白莕（《南次三经》），“劳”有忧义，古人云“萱草忘忧，皋苏释劳”。《中次十一经》又说：“高前之山，其上有水焉，甚寒而清，帝台之浆也，饮之者不心痛。”解忧之术如此之多，可人间为什么还是充塞着忧愁呢？

嗯？什么鬼？

鬼是什么？

首先我们来看“鬼”这个字，上面的“由”表示它的大头，下面的“儿”表示它的身体（注意这里的“儿”是“人”字的异体，不是“儿女”的“儿”），还有“厶”这个没有实际含义的装饰性笔画。我认为“鬼”可能不是象形字或者形声字，而是一个会意字，这里的“大头”与“人形”表示的是抽象的“丑陋”“可怖”。为什么这么说呢？像人不是人，其实最吓人，“鬼字”从“人”形正缘于此，虽然鬼并不一定是“大头娃娃”，而可以有很多形态，“大头鬼”只是其中的代表。

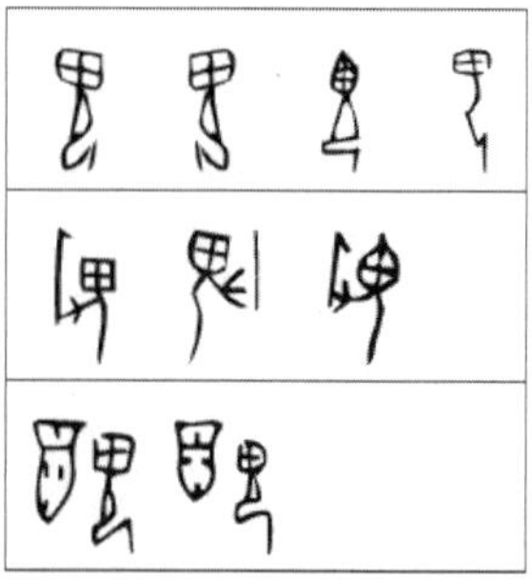

甲骨文中的“鬼”“畏”“丑”（醜）

很多丑陋可怖、似人非人的东西，都被我们的祖先称作“鬼”。比如人死后的魂灵，又比如某些“怪兽”。现在我们就来看一种被当作鬼的怪兽。

《山海经》里说，遥远的西方有一座山叫作“刚山”，有一条发源于刚山的河流叫作刚水，刚水里有很多怪物，都是“人面兽身，一足一手”，叫声如同人的呻吟。这种怪兽叫作神“𩲡”（huī），或者“魑”（chì）。

《山海经》的作者称这种怪物为“神𩲡”，但这里的“神”恐怕跟“鬼”没有太大区别。需要说明：首先，“神×”这种短语结构在《山海经》中是很常见的，“神×”的意思确实就是“叫作×的神”；其次，在古人的认识里，神和鬼的界限并不是很明确，如《楚辞·九歌》中的“山鬼”其实是山神，如《西山经》里的“有穷鬼”实际应该是有穷氏的祖先神，另外“神”字的一个异体写法正是“䰠”，也能说明“神”与“鬼”脱不了干系。

历来学者对这个左边是“光”右边是“鬼”的字解释得比较少，似乎它在后来没产生什么影响，但我却认为实际上“𩲡”这一形象后来不断被演绎，古书中常见的一些山鬼、山精、山都、山魈等，其实都是它的变形，至今南方还有相关传说。

东晋时期有一部讲修仙的书叫“抱朴子”，其中有一篇叫“登涉”，说的是登山涉水。登山涉水嘛，人们难免会有一些恐惧情绪，会因此想象出很多神怪。山里的怪物，就被称为“山精”。这书里说“山精”有很多种：其中一种“形如小儿而独足”，脚跟向前脚掌向后，喜欢侵犯人；又有一种，形状像鼓，红色，也是“一足”，名字叫作“晖”。“形如小儿”略似《山海经》里说的“人面兽身”，“独足”“一足”也与《山

［清］《三才图会·鸟兽卷》中的神魃（魌）

海经》对“魌”的描述一致，而“晖”跟“魌”的读音（郭璞注音“耻回反”）也是比较接近的。（有的版本中的郭注是“音挥”，这就更一致了。）其间的演化痕迹还是依约可寻的。

南朝的刘宋时期有一部《永嘉郡志》，说“安国县有山鬼，形体如人而一脚”，似乎也是神魌形象的演变形态。杜甫有诗“山鬼独一脚，蝮蛇长如树”，所用典故正出于此。

祖冲之的《述异记》也记录了一个相关故事，说在元嘉（424—453）初年，富阳人王某在河渎中捉螃蟹时，偶然抓住一个怪物。这个怪物“人面猴身，一手一足”，还会说话，有一些害人的技能，但最终还是被王某消灭了。它的名字就叫“山魈”。可以看到，山魈的形象跟神魌几乎完全相同！《山经》中的“兽身”此处作“猴身”，我觉得更能说明问题：神魌也好，山魈也好，其实很可能是一种灵长类动物。

比较好玩的是，“山魈”在古代一直是半鬼半兽的形象，近代以来却被用以称呼一种非常实在的动物，而山魈属有一种，正叫作“鬼狒”。而把不熟悉的动物当鬼，这种心理不单古人有，前些天网上很多人在转发“水鬼”图片，其实图片中的主角只是一种真实存在、并无神异的动物“白喉三趾树懒”。

顺便说一下，民国以来盛传的“年兽”形象其实也是从神魈、山魈传说中演化而来的。

苹果还是荔枝?

《山海经》写的第二座山，就是西北方的堂庭山。原文说山上“多棪（yǎn）木”。棪木是什么呢?

文献中有关棪的资料很少。《山海经》之外，还有东晋人曹毗《魏都赋》中的一句“果则谷棪山椁”，但恐怕是随便从《山海经》里抄出了这么一个字。

《尔雅·释木》中有“棪，樕其”的说法，我们知道儒家十三经中的《尔雅》，是解释经典的资料集，这里说的“经典”可能不仅限于儒家的经典，比如这一条，我就很怀疑它是解释《山海经》的。《说文解字》也说：“棪，遬其。”好像樕其／遬其／速其在当时是很常见的东西，可是我们今天很难据此知道它到底是什么了。

有意思的是郭璞有两条几乎完全相同的解释：

棪实似柰，赤，可食。

《尔雅》注

棪，别名速其，子似柰而赤，可食。音剡。

《山海经》注

旧题［晋］郭璞《尔雅音图》中的棪

郭璞说的“柰”在古籍中比较常见，即今所谓林檎、绵苹果，是苹果属的植物。如此说来，棪是一种苹果喽?

但是植物学家告诉我们，苹果进入中国大概是汉初的事情，最早关于苹果的记录出现在汉武帝时期司马相如的《上林赋》中，原文是“枇杷橪柿，楟柰厚朴”（枇杷、橪、柿、楟、柰、厚朴，都是果木名）。换言之，就是《山海经》时期的中国可能没有苹果（或苹果属的任何一种植物）。

但是问题来了，堂庭山处在《五藏山经》天下系统里的大西南，离着大陆的尽头西海之岸只有三百余里，也就是说堂庭山有可能不在当时的“中国”！如此说来，棪是一种红苹果也是有可能的。

还有一种观点，棪就是荔枝之类的植物。郭璞只是说棪的果实像苹果嘛，又没说一定就是一种苹果。而且很少见西南出苹果的记载。西南有什么呢？最容易想到的是荔枝。

与荔枝有关的较早的记录也出现在《上林赋》里，写成“离支”。可以想见，人们看到这个词表示植物，就自然把字换成了带有草木偏旁部首的“荔枝”。那么“离支”是什么意思呢？有人认为，八卦系统中“离”为火，表示南方，“支”“枝”通，所以“离支”本是“南方植物”的意思。不管这种说法是否可信，荔枝在古代也确实一直是南方专有果品的代表。巧的是，“棪”字从“炎”，“炎”与“离”“火”在意义上是相通的。

但问题也来了，苹果跟荔枝像么？不怎么像吧？

狗拿耗子的历史

灭鼠是人类历史上的一大难题。《山海经》记载了一种矿物“礜石”，一种草药“无条”，都是可以拿来“毒鼠”的，那除此之外还有什么办法呢?

我们先来看一个故事:

大约在战国时期，东方的齐国，有一个善于“相狗”的人，技艺高超，堪称相狗界的“伯乐”。这个相狗专家有一个邻居，有天找到他，求他找一条擅长捕鼠的狗。相狗专家满口答应，一年以后终于给邻居领来一条，满口夸赞。邻居想，找了一年，不知是多少狗里挑出来的优良品种呢，领回家养着吧。结果一年、两年，接连好几年没见它抓老鼠。邻居就奇怪了，找了个机会把这事告诉了相狗专家。相狗专家说:“这是条好狗啊。它的志向在捕猎獐、麋、豕、鹿这些大兽，不在老鼠这样的小不点儿。你想让它抓老鼠也行，把它后腿绑起来，它瘸了就能抓老鼠了。”邻居回去把狗后腿绑起来，狗果然开始抓老鼠了。

这个故事记载于《吕氏春秋》，是我们能找到的最早的养狗捕鼠的记录。从这段记载我们可以知道，在先秦时期，灭鼠的活儿，至少一部分是由狗来负责的。我们在《狸奴·小

“狗拿耗子”图纹瓦当
（橘的摹绘）

於菟》这篇中已经说了，虽然人们早已观察到猫更擅长抓老鼠，但养猫的明确记载直到南北朝时才出现。狗由灰狼驯化而来，是很早就被人类豢养的动物。所以说，本来“狗拿耗子”才是正事。

史载年少的李斯在郡衙中当差时，见厕所中的老鼠食用污秽，又常被狗惊吓。到了粮仓中，发现里面的老鼠食宿条件大好，于是李斯大生感慨，人生轨迹也因此而改变。这个故事也从侧面说明了当时的老鼠更怕的是狗，而非猫。

汉武帝时期的东方朔，有一篇文章叫作“客难”，其中有一句是“鼱鼩之袭狗，孤豚之咋虎”，意思就相当于“鸡蛋碰石头”。其中“孤豚”就是小猪，是虎的食物。虎的食物却来攻击虎，岂不是自取灭亡？而鼱鼩是小老鼠，小老鼠自然是狗的猎物了。

巧的是《东方朔别传》中也提到了“狗拿耗子”的事。这个版本里有一句说，千里马虽然跑得快，但放到屋里抓老鼠的话还不如一只瘸脚小狗。（原文：以捕鼠深宫之中，曾不如跛犬也。）有可能就是用前述《吕氏春秋》里那个典故。

西汉还有一个研究《易经》的专家叫京房，他说过：“老鼠无缘无故追着猫狗跑，是不祥之兆，预示着臣子弑杀君主。”又说：“狗见了老鼠而不动，预示着县里将要出现乱臣贼子，政府丧失管辖能力。”（见《开元占经》）

东汉时期，有个叫李寿长的去作青州刺史，但其他州县的政事他也会插手，他上书说：“狗都不忍见邻居有鼠患。”（原文：夫东家有犬，不忍见西家之有鼠。）真真一个“狗拿耗子，大义凛然”。

我们再来看一个汉末三国时期的故事。曹操有个老乡叫作丁斐（字文侯），特别受到曹操的偏袒，被委以官职。但是丁斐这个人品格有问题，看到军队里的牛不错，又肥又壮，比自家小瘦牛强多了，于是偷偷把牛换了。这件事被人告发，丁斐便因此丢官。后来曹操看到丁斐，故意问他：“文侯爷，您的爵位哪去了？”丁斐一看曹操跟自己开玩笑，也红着脸说：“都换馍馍啦。”（原文：以易饼耳。）曹操一看丁斐挺幽默，就笑着说：“有人老是在我面前告丁斐的状，我也不是不知道这人手脚不干净，但是丁斐有能力，用一用还是有好处的啊。”后面一句原文是：“我之有斐，譬如人家有盗狗而善捕鼠，盗虽有小损，而完我囊贮。”

从出土的汉代绘画看，粮仓附近常常有一条狗，这狗正是用来保护粮食不被糟蹋的，当然会抓老鼠，与曹操“狗善捕鼠，完我囊贮”的话正好相应。

四川三台县汉代崖墓“狗拿耗子”图像（橘的摹绘）

晋怀帝永嘉初年还有童谣说：“洛中大鼠长尺二，若不蚤去大狗至。”其政治隐喻我们可以不管，单从字面上就可以感受到当时人们对狗捕鼠、鼠畏狗的普遍认知。

《幽明录》里说吴郡北寺有一个名叫终祚的僧人，某天他屋子里出现了一只老鼠精，还咒他几天后会死。终祚的第一反应就是叫手下人去买狗，老鼠说：“我不怕这个。你把狗找来，找来！我分分钟就把它弄死！”狗找来后，果然被老鼠弄死了。终祚不得不用水淹等其他方法来应对。

无独有偶，刘敬叔《异苑》里也有一个相关故事。故事大概说有一只老鼠，有小猪般大小，通人性，能隐形，又能知人祸福，因报恩常出入永康人蔡喜夫家，后来同县人吕庆祖偶尔牵着狗去打猎，路过蔡家时，无意间狗就把老鼠咬死了。

这两个故事虽然有虚构成分，但也足以说明，当时人们最通行的灭鼠方法仍然是用狗。

《幽明录》《异苑》都是南北朝时期的书，同期“养猫捕鼠”开始正式见于典籍记载。可能是因为天赋方面的明显差距，唐宋以后捕鼠的工作便迅速由狗转交给了猫，自此以后养猫捕鼠的记载不绝于史。但是狗捕鼠的天性也依然没有变，见了耗子还是会扑上去一顿狂咬。所以“狗拿耗子”的事仍然见于记载。

比如唐《酉阳杂俎》述“鼠母”时，犹有“性畏狗”之语。犬对鼠的威慑力尚存于人们的意识之中。南宋的王炎，有一首《犬捕鼠》：

黠鼠穴居工匿形，宵窃吾余频有声。
狸奴已老无足忌，对面侮人渠得志。
韩卢千载云来孙，平时御盗严司存。
小施逐兔腾山力，不露爪牙潜有获。
主人高枕终夜安，论功法吏能扫奸。
绳以汉家三尺律，鼠罪贯盈猫不职。

明代的李昱，养了一条好狗，起名为“黄熊”。他有一首《黄熊歌》，不说打猎，却将此狗善捕鼠的事歌咏了一番：

我家有犬名黄熊，不与寻常群犬同。
狺狺夜吠捍门户，兼有捕鼠之奇功。
山居灯尽黑如漆，黠鼠出入声啾唧。
合曹合类恣所经，搅瓮盆翻啮书帙。

黄熊此时方按行，嗾之愈怒威盈盈。
奋前搏一百鼠散，坐令倾洞成清平。
蒙贵乌圆未须贵，宋鹊韩卢莫夸技。
寄谢区区世上人，素餐尸位能无愧。

从这两首诗里我们明显可以看出，捕鼠在当时已主要由猫来负责了。有关猫捕鼠的记载里几乎没有提狗的，但有关狗捕鼠的记载里却对猫大写特写。

明代还有一则地方谚语说："和尚化缘，如猫捕鼠，一开口便咬一个。尼姑化缘，如狗捕鼠，或偶有咬得一个者。道士化缘，如马捕鼠，举一世亦不能咬得一个。"可见人们对捕鼠方面狗劣于猫这个事实的认定。

久而久之，"狗拿耗子"竟然成了一句俗话。

桃花之源

最近我在看一本书，书名叫“与陶渊明生活在桃花源”。这本书里的观点，总是先得我心。比如作者说陶渊明的人生态度并非像很多人所说的那样属于“道家”，而是跟“儒家”更接近。

我们这里要说的桃花源的文化原型，正可以说是来自儒家。

《尚书》中有一篇《武成》，讲的武王伐纣的事。其中说到灭纣之后，武王不再提倡战争，把战争中用的牛马都放生，昭示天下不再乘骑：“归马于华山之阳，放牛于桃林之野。”华山之阳和桃林之野地望相近，都在今陕西河南山西交界的华山一带。陈寅恪《桃花源记旁证》所谓“真实之桃花源在北方之弘农或上洛”即谓此。

这个地区在《山海经》里也有记述。《中次六经》中倒数第二座山是夸父之山，“其北有林焉，名曰桃林，是广员三百里，其中多马”。夸父山再往西走“九十里”，也就是《中次六经》中的最后一座，名叫“阳华之山”。而接下来《中次七经》的第一座山，名叫“休与之山”，或作“休舆之山”，“舆”即车马之类，所谓“休舆”当即《尚书·武成》所谓

“归马”“放牛”。

翻检《陶渊明集》，我们可以知道，陶渊明于儒家经典最熟，同时又写过《读山海经十三首》组诗，对《山海经》这类“奇书”也有很大的兴趣。而通过探寻其心目中的乐土“桃花源”的原型，我们也可以看到陶渊明的儒家旨趣与奇书审美的完美结合。

食铁之兽

在1986版《西游记》电视剧里，被压在五行山下面的孙悟空，还可以吃到水果。但是读过《西游记》原著的朋友会知道，当时的孙悟空有山神土地等看押，绝对吃不到水果，只能“饥餐铁丸，渴饮铜汁”。餐铁饮铜，是宗教传说中常常出现的地狱酷刑。孙悟空大闹天宫，得到这样的下场，是可想而知的。

然而在古代传说中，却偏偏有一些动物，对食铜饮铁不以为苦，反以为乐，甚至它们的粪便可以炼化精钢，尿液也可以消融金属。

它们的形态主要有三种：

第一种是牛形，出自《神异经》。《神异经》旧题东方朔作，不太可信，但此书的出现也不会晚于东汉。宋代人引《神异经》云：“南方有兽焉，角足大小形状如水牛，皮毛黑如漆，食铁饮水，其粪可为兵器，其利如刚，名曰啮铁。”就是说这种动物长得跟水牛一样，皮毛漆黑，可以吃铁，喝的是水，粪便可以制作上好的兵器，它的名字叫“啮铁”，也叫“侔铁”。与《神异经》同时的《玄黄经》也说：“南方啮铁，粪利如钢。食铁饮水，腹中不伤。”前些年上映的一部电视剧，里面的神仙就指导女主角把一块“牛粪”炼化成了一把宝剑，送给了男主角。

第二种食铁之兽是兔形的。《拾遗记》记载，在以出产铜铁闻名的昆吾山上，有一种后来被称作“狡兔”的动物，大小就如同兔子，皮毛泛着金属的光芒，吃土里面的丹石，住在深深的洞穴里，也吃铜铁，胆和肾都像铁一样。雌性的狡兔白如银，雄性的黄如金。吴国兵器库中的铁制兵器全都被吃光了，但是门窗关得好好的，一点也没有被损坏的迹象。吴王就下令检查库房的洞穴，于是捕获了一白一黄两只兔子，把兔子开了膛，发现它们的胆和肾都是铁的，才知道兵器是被兔子吃掉了。于是吴王把他的铸剑师找来，用狡兔的胆肾铸成雌雄双剑，雄剑起名叫“干将”，雌剑起名叫“镆铘”。这两把宝剑异常锋利，可以切玉断犀。吴王大喜，后遂称霸。吴王死后，宝剑被放在石盒子里埋藏了起来。到了西晋时，又被张华取出。《滕王阁序》“物华天宝，龙光射牛斗之墟”，说的就是张华取宝剑的故事。

前面说到的两种食铁之兽，都是见于文献年代比较早的，然而传说最广的是第三种食铁之兽，貘，又作狛、白豹、猛豹、孟氏、貊泽等。

与前面说得神乎其神的啮铁和狡兔不同，貘是一种比较真实的动物。但早期的一些文献，比如东汉的《说文解字》中，并没有出现貘食铁这样神奇的记录。

《山海经·西山经》里记载，南山上“兽多猛豹”。猛豹就是貘，但这里作者也没有描述猛豹的具体形态及习性。我们知道，《山海经》对老虎大象这样当时的常见物，就不作具体描述，它详细描述的基本是一些不常见的生物。由此可知，猛豹（貘）在当时并不是稀见物。

到了晋代，情况开始变化。郭璞《山海经传》说，猛豹样子像小一号的熊，长着光亮亮的短毛，可以吃蛇吃铜铁，出产于蜀地。（原文：猛豹，似熊而小，毛浅有光泽，能食蛇，食铜铁，出蜀中。）同书，郭璞在注释“崃山”（邛崃山）的时候说，当地出产一种动物叫“狛”，“似熊而黑白驳，亦食铜铁也”。“狛”即猛豹、貘。在给《尔雅》里“貘，白豹”所作的注解中郭璞又说，貘长得似熊，小脑袋瓜，小短脚，毛色黑白相驳，“能舐食铜铁及竹”，骨头很硬，几乎是实心的，很少有骨髓，貘皮温暖，不怕潮湿。

根据貘的栖息地（四川、秦岭）和形态（像熊，又像豹），毛短，毛色黑白相杂等特点，有的学者推测它就是我们今天说的大熊猫。大熊猫咬合力极大，比黑熊还要大，跟它“萌萌”的外表形成了强烈的反差。所以，“食铜铁”的传说应该由此而来。

但也有学者反对古书中的貘指的是大熊猫这种说法，而认为是今天我们说的马来貘之类。虽然貘有“象鼻”的描述晚到唐代才出现，但我们今天发现的出土文物中，的确有不止

山西绛县出土的西周貘尊
（橘的摹绘）

一件的马来貘形状的器物，因此可以肯定中国古人是见过这种动物的。我们这里可以持一种折中的看法，即古代所谓的貘，既指大熊猫，又指马来貘。

不管貘对应的是现代意义上的什么生物，古人对它食铁传说的记载还算是十分详尽的。比如南宋人罗愿在他的《尔雅翼》里就说：貘用舌头舔舐铁块，顷刻之间就能消化掉好几十斤。貘的尿可以融化铁，有人误食了铁物，喝了貘尿就能消化下去。蜀人说峨眉山上有貘，之所以当地很多寺院作饭的铁锅都挂得高高的，就是怕被貘吃掉。唐代有把貘画在屏风上的习俗，白居易便有《貘屏赞序》。黔蜀地区时不时出现貘的身影，象鼻犀目牛尾虎足，当地人的铁器很多是被它吃掉的，它成了当地一害。人们也捕捉貘来作药。貘牙极其坚硬，利刀大斧砍不动，火也奈何不了它。有些不法分子就拿貘牙冒充佛牙、佛骨，来欺骗外行人。唐代的段成式还说，貊泽（貘）像狗一般大，把它的油脂放到铜铁瓦器中，时间不长都会漏出来，唯独放到骨器中没有问题。可谓玄乎其玄。小说《东周列国志》中，还有勇士魏犨大战此食铁之貘的段落。

[明]《三才图会》中的貘

除了啮铁、狡兔和貘这三种最有名的食铁之兽，古代记录中还有一些别的动物或人也食铁。任昉《述异记》说，蚩尤兄弟七十二人，铜头铁额，食铁石。刘昫《旧唐书》记载，駝鸟是唐高宗永徽元年（650）由西方的吐火罗人进献而来，食铜铁。这种动物本来没有名字，只因长得高大，又像骆驼，才被后人叫作“駝鸟”。彭乘《墨客挥犀》言，骨托鸟，状如雕，高三尺许，常以名自呼，能食铁石，出于河州（今甘肃省南部）。河州郡守常常拿它给众人观赏。有人拿了一块三寸大的石头绑在细绳上，让骨托鸟吞了下去，不久后拽出来，发现石头已经烂成泥了。駝鸟跟所谓骨托鸟同出于西域，不知是否有联系。

腊肉的学问

我们知道，今天简化字的“腊月”“腊肉”，在古代写作“臘月”“臘肉”。但是看过《周易》的人可能会注意，《周易》里面已有“腊肉”，意思正是干肉。那么，古代的“臘肉”和“腊肉”是一回事么?

带着这个疑问，我找到了《简化字溯源》这本书，书中介绍:

> 腊，“臘”的简化字。“腊”和“臘”原为两个不同的字。“腊”读 xī，指干肉；臘读 là，本为祭祀的名称，指冬至后第三个戌日合祭诸神。因“腊”（xī）字后代不大使用，人们就借用此形表示“臘”（là）字。这种用法最早见于 1932 年的《国音常用字汇》。

原来“臘”“腊”完全是两个字，有着明显不同的形音义。

“腊”（xī）字应用较少，而《西山经》“其脂可以已腊”算是一个辞例。另外《初学记》卷二十八引《山海经》佚文:“云山之上，其实干腊。”并引郭注云:“腊，干梅也。”干梅就是梅脯。

但是，“因‘腊’（xī）后代不大使用，人们就借用此形表示‘臘’（là）字”，这句话说得实在没有逻辑。后代不大使用的字太多太多了，怎么偏偏“腊”（xī）被用来替代“臘”（là）呢？

1932年的《国音常用字汇》也只是说“腊”可以代替“臘”，但没有解释原因。而1935年国民政府教育部正式颁布的《第一批简体字表》里却没有“腊”/“臘”字。

在《文字学概要》里，裘锡圭先生解释说，“腊”代替“臘”这种作法属于“同义换读”：“古代把干肉叫作‘腊’，音同‘昔’。后代称一种腌肉为‘腊肉’，有人就把‘腊’当作‘臘’的简写用，规定简化字时采用了这个字体。”

原理方面，裘先生说得比较清楚了。但他说的“有人”是哪些人呢？也就是说，用“腊”代替“臘”的早期例证有哪些呢？

我们知道，很多简化字来自民间俗体，或是草体楷化，或古体，基本上都有一些应用实例。

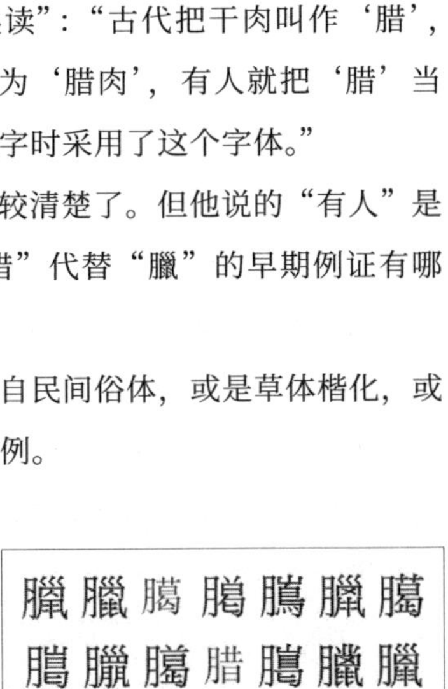

古代“臘”字的写法有很多，比较常见的有“䐑”。汉字政策相对保守的日本，并没有简化“臘”字，只是把“獵”“蠟”简化为“猟”

“蝋”。中国古代其实还有用“爉”来表示“臘肉”之“臘”的。

“腊”代替“臘”，在1932年之前很难找到用例。我翻阅过一些俗字比较多的戏曲小说写、刻本，还有所谓“最早推行简化字”的太平天国资料，都没有发现用“腊”为“臘”的现象，这一度让我怀疑把“臘”换为“腊”只是文人学者们的强行推广，没有群众基础。经过一番努力，以“腊”代“臘”的早期例证，终于被我在清末的外销画中找到了，可这已经是很晚近的例子。

而“臘肉”的起源是这样的：

“臘”月腌制或说干制肉类的记载很早就出现了，至少在南北朝时期的《齐民要术》中就有很多，但是“臘肉”这个词的出现时间却晚至南宋。

吕祖谦《答潘叔度》：“诚可虑臘肉醋姜已领。”（见《东莱别集》卷十）王迈《臘肉》诗：“霜蹄削玉慰馋涎，却退腥荤不敢前。水饮一盂成软饱，邻翁当午息庖烟。”（见《臞轩集》卷十六）《周密《武林旧事》卷六也记录了“臘肉炙骨头”。

“臘月”变成了“腊月”，与此同时“打獵”也变成了“打猎”，“蜂蠟”变成了“蜂蜡”，这一切都是因为一个“吃”字。可是“腊条”又变成了“辣条”……说明，一心念吃的人民群众根本不关心这些麻烦的文字问题，日用而不知所以然也无所谓。

今夕复何夕　共此灯烛光

先秦的“烛”，相当于今天我们所说的“火炬”。

《山海经》中有两位尊神的名字带“烛”字，烛龙和烛光。烛龙又名烛阴，身体像蛇，可以照亮北方幽暗之地。“其暝乃晦，其视乃明”，也就是说，昼夜更替这一自然现象是烛龙掌控的。

烛光和她的姐妹宵明，是帝舜的妻子登比氏所生。“二女之灵，能照此所方百里。”可见“宵明”“烛光”的名字也跟她们的神通有关。

《山海经》中，“烛”字除了出现在神名中，还出现在祭典中。《山经》在讲完每一组山之后，都会写一些祭祀方面的内容。如《西山经首》后面说：

> 羭山，神也，祠之用烛，斋百日以百牺，瘗用百瑜，汤其酒百樽，婴以百珪百璧。其余十七山之属皆毛，牷用一羊祠之。烛者，百草之未灰。白席，采等纯之。

这里的“神”是低于“冢”一等的一个概念，但比普通的山还是要高一等。后面关于斋戒百日、祭以百牲、埋下百玉、烫酒百樽、绕以百珪百璧的描写其实很费解，因为看起来实在是太盛大而难以实现。“百草之未灰”，大意是祭祀羭山用的火烛不能燃尽就要换新的。

暂且不论那些难以理解的东西，我们单说“祠之用烛”。这句话翻译过来就是“用烛来祭神”。“烛”在这里应该是一种祭祀方法的专名。

《周官·司烜氏》：“凡邦之大事，共坟烛庭燎。”《左传》：“国之大事，在祀与戎。”历代对“坟烛”的释义有两个，一是大火炬，二是麻制烛。因为“坟”可以训“大”，也可以通“蕡”。《周官》这话的意思是，在国家祭祀和军事等重大场合，司烜氏需要负责供给“坟烛”和“庭燎”。看来古人祭祀确实是要用火烛的。

《礼记》：“庭燎之百，由齐桓公始也。”意思是，公爵的“庭”里用百烛，这种僭越古礼的行为，是自齐桓公开始的。庭燎即烛。《说文解字》：“烛，庭燎，火烛也。”当然这是笼统的说法，要细分的话就是烛在门外，庭燎在门内。问题是，“庭燎之百”是“作百炬列于庭”还是“百炬共一束”？也就是说它是指火烛的数量还是大小？这是有争议的。

《山海经》：“烛者，百草之未灰。”《周官·司烜氏》：“凡邦之大事，共坟烛庭燎。”《礼记》：“庭燎之百，由齐桓公始也。”结合三书可知，古人制作的火烛确实有“百草”这种大型号的。所以《周官》所说“坟烛”更可能是指大号火炬，而非麻制火炬；《礼记》“庭燎之百”也更可能是指大号火炬，而非大量的火炬。

这是《山海经》与其他文献互证的又一个绝好案例。

我想说我不是鸡

我有个同学名字叫“鹍”，那时候我看到书上有一个词叫“鹍鸡”，注释说是仙鹤之类，就拿书给她看，但她看了之后，把小嘴一撇，说：“我是仙鹤，不是鸡。”那么问题来了：什么是鸡呢？在过去不久的农历丁酉年（鸡年），各处讨论鸡的内容很多，但好像很少有人去辨析究竟什么是鸡。

初始的鸡，或者说标准的鸡、狭义的鸡，指的是家鸡。

鸡在很早之前就被我们的祖先驯化。古书中有“六畜”之说，指的是马牛羊猪狗鸡。时至今日，鸡仍然在我们的生活中扮演着十分重要的角色。据说鸡是陆地上数量最多的脊椎动物，这在很大程度上“得益”于人类的饲养。

早期文献中的“鸡”（引自李旭昇《说文新证》，台北：艺文印书馆，2004年）

六畜中马牛羊犬豕五畜，都是用独体象形字来表示的。“鸡”字在早期文字中也是一个独体象形字，其形象正是一只高冠长尾健足而朝天打鸣的公鸡。可能因为这个字容易和“鸟”混淆，所以人们给它加个声旁“奚”。再到后来，公鸡的形旁干脆变得和“鸟”旁/“隹”旁没有了区别，才有了传统汉字里的“鷄”/“雞”，简化字又变成了“鸡”。

当然家鸡也可以分笨鸡、肉鸡、蛋鸡、斗鸡、乌骨鸡等很多种，我们这里就不再细说了。

现在人们说的鸡，却常常指广义的鸡。

狭义的鸡即家鸡，是由一种被命名为“红原鸡”的动物驯化而来的。但是原鸡在现如今的自然界中属于稀见之物（已经是国家二级保护动物），一般人都不认识，即使见到，也有可能将其误认为家鸡。

人们常说的“野鸡”，其实并不是“野生的鸡”或者“家鸡的野生品种”，而是一种“长得像鸡的野生动物”。就像（豆科鸡屎豆属的）“野百合”并不是野生的（百合科百合属的）“百合”。

人们常说的“野鸡”，本称“雉”，即今天生物学上的“环颈雉”。（环颈）雉曾经是很常见的野生鸟类（现在也是国家二级保护动物），偶因避汉高后吕雉的讳，才被人们称为“野鸡”。它也叫“山鸡”，《山海经》里就有这个说法。

原鸡虽然少见，但它的天性决定了它是一种容易被驯化的动物，这才有了后来六畜之一的家鸡。

（环颈）雉虽然常见，但却是一种很难被驯化的动物，古人说它“虽为小物，耿介过人”，所以常常作为猎物出现在古人的生活中。当代所谓“家养的野鸡”，在饲养过程中都经过一些处理，比如剪去喙尖（否则它们会相斗而死伤）。

除了常见的“野鸡”，还有一种虽然少见但因为特别漂亮而广为人知的动物“锦鸡”，现在一般被称为“红腹锦鸡”。它在《尚书》中被称为“华虫”，《山海经》中则称之为“赤鷩”。可见它的名字里本也没有“鸡”字。

鸡（家鸡或原鸡）、雉（环颈雉）和鷩（红腹锦鸡），后来都被称作“鸡”，也不是没有道理的。它们的形态和基因，相对来说都是很接近的，同属于鸡形目雉科。

古人早就注意到了它们的相近，也给过它们总名，那就是“雉”。按照《尔雅》里的说法，雉有很多种，其中一种正是“鷩雉”。我们自然可以推论，与之相似的鸟类都可以被称为“雉”。

在今天我们普遍使用的一套创始于瑞典人卡尔·冯·林奈的生物分类方式（界门纲目科属种）下，家鸡、环颈雉、红腹锦鸡，包括鹌鹑、孔雀等，都属于“雉科”，这可以说跟我国古人的想法不谋而合。

但根据这套分类法，雉科跟松鸡科等同属于“鸡形目”，而“鸡形目”的动物才约等于古人说的“雉”。

在今天很多科普工作者的认识里，“鸡”这个概念就等于鸡形目动物，大概陆生善跑、不善飞行和游水的中型鸟，都可以被称为“鸡”。这些特点其实都是比照家鸡的，家鸡才是“鸡”的本义，鸡形目动物是其衍生义，而不是相反。

其实他们那样认识也不能算错，因为一个概念在不同时期不同语境下是可以变化的。我这里只是简单梳理一下古往今来“鸡”的概念，重点是，先有狭义的“鸡”，而后才有广义的“鸡”。

因为名叫“小雉”，所以我经常被好友戏称为“鸡”。于是我常常会开玩笑说：“野鸡不是鸡。野鸡如果是鸡，那田鸡（青蛙）、莎鸡（蝈蝈）也都是鸡了。”这只是就狭义的“鸡”而言。

果珍李柰

《吕氏春秋》中有一篇《本味》，可算中国早期的美食文献，说到了最美味的肉类、鱼类、蔬菜、调味品、主食、水、水果，最后是马。为什么马也被列到美味之中，我们先不管，本文专说水果。

《本味篇》所列第一种水果，是沙棠，这种果实也见于《山海经》。《西次三经》“昆仑丘”条：“有木焉，其状如棠，黄华赤实，其味如李而无核，名曰沙棠，可以御水，食之使人不溺。”我们知道，昆仑山是神山，《山海经》对它的记述颇为神异。沙棠明显不像一般的水果，更像是变异或者选育品种。“棠”即杜梨，而此木名曰“沙棠”，《经》又说“其状如棠”，看来有可能是某种棠梨。但《经》又说“其味如李而无核”，则让人怀疑是某种李树。《尔雅》中有“休，无实李”的说法，可能都是当时人们发现或培育的没有果核或果核不明显的李树品种。

《本味篇》又说：“常山之北，投渊之上，有百果焉，群帝所食。”《北次二经》有洹山，曰“百果树生之”。《海外北经》有平丘，曰“百果所生”。平、恒、常三字可以互释，大概《北山经》之“洹”即“恒”之讹，常山、洹（恒）山、平丘本一地。百果，泛指各种水果。

《本味篇》所列第二种水果，是甘栌，说："箕山之东，青鸟之所，有甘栌焉。"我怀疑"箕山"应该读作"其山"，指上面说的常山。《海外北经》："平丘在三桑东，爰有遗玉、青鸟、视肉、杨柳、甘柤、甘华，百果所生。在两山夹上谷，二大丘居中，名曰平丘。"此"甘柤"当即《本味篇》所提到的"甘栌"，只是不知二者哪个是正字。《海经》中提到甘柤（甜山楂）之文不止一处。

《本味篇》又说到"江浦之橘"和"云梦之柚"，直译就是长江畔出产的橘子和云梦泽出产的柚子，反映的是中国历史上南方的水果。《庄子》说，"楂梨橘柚"各种果实，成熟之后被人们用各种方法糟践；又说"楂梨橘柚"各种水果，酸甜不同，但都很好吃。可见当时橘子和柚子被当成水果中的代表。《山海经》中提到橘柚的段落都属于《中山经》，而且往往前后连属。《中次八经》提到荆山"多橘柚"，纶山、铜山"多柤栗橘柚"，《中次九经》葛山、贾超山"多柤栗橘柚"，洞庭山"多柤梨橘柚"。

《本味篇》的水果之列还有"汉上石耳"，不详何物。

总之《本味篇》说到的各种水果，绝大多数都见于《山海经》。

《山海经》中还有桃、李、枳、枣、梅、杏，都是一笔带过。此外还有一些是重点介绍的：《西山经首》"符禺之山"：

“其上有木焉，名曰文茎，其实如枣，可以已聋。”或说此即无刺枣。《西次三经》“崇吾之山”：“有木焉，员叶而白柎，赤华而黑理，其实如枳，食之宜子孙。”不详何物。《西次三经》“不周之山”：“爰有嘉果，其实如桃，其叶如枣，黄华而赤柎，食之不劳。”这应该就是优良的桃木品种，后世传说将其演化为王母蟠桃。《西次三经》“峚山”：“其上多丹木，员叶而赤茎，黄华而赤实，其味如饴，食之不饥。”不详何物。《西次四经》“中曲之山”：“有木焉，其状如棠而员叶赤实，实大如木瓜，名曰櫰木，食之多力。”不详何物。《西次四经》“崦嵫之山”：“其上多丹木，其叶如穀，其实大如瓜，赤符而黑理，食之已瘅，可以御火。”不详何物。《东次四经》“北号之山”：“有木焉，其状如杨，赤华，其实如枣而无核，其味酸甘，食之不疟。”或说此即无核枣。《中山经首》“阴山”：“其中多雕棠，其叶如榆叶而方，其实如赤菽，食之已聋。”或说此即枸骨。《中次六经》“阳华之山”：“多苦莘，其状如樕，其实如瓜，其味酸甘，食之已疟。”不详何物。《中次十一经》“丰山”：“多羊桃，状如桃而方茎，可以为皮张。”或说此即猕猴桃。

以上所列未必全属水果，但至少近似，所以全都罗列在此。

即使现在我们当作水果的东西，当时未必可以与楂、梨、橘、柚相提并论，比如猕猴桃，它确实原产于中国，但千百年来，偏爱爽脆口味的中国人，对这种软糯口味的丑陋果实并没给予多少重视。直到最近几十年，猕猴桃才经过新西兰的改良培育，畅销中国大地。

另外，对蟠桃和无核枣等优良水果的记录，也使《山海经》在中国科技史上占有一席之地。

《黄帝内经·灵枢·五味篇》有“五果”之说，谓“枣甘，李酸，栗咸，杏苦，桃辛”，据此可知古人将水果和干果算作一类。栗，我们上文也提到了，《山海经》确实将它夹杂在水果之中一并叙述。《庄子·盗跖篇》：“且吾闻之，古者禽兽多而人少，于是民皆巢居以避之。昼拾橡栗，暮栖木上，故命之曰‘有巢氏之民’。”可知栗又被认为是粮食。

水果是一种相对“无用”的存在，有些人就终生不吃水果。明代小说《开辟演义》第十五回说到神农下乡视察，问民众取食之道，民众答草实可以每年循环种植，足以充饥，神农遂将之命名为五谷，并改良种植方法。“帝又问曰：‘树木上有结实者，汝等亦采去，此作何用?’众民又奏曰：‘树木之实不能止饥，只可与小儿作点心而已。’”于是神农将水果直接无视了。

用现代营养学的观点来说，水果中欠缺蛋白质、脂肪和多糖类碳水化合物，其维生素、无机盐、膳食纤维等成分，基本可以从蔬菜中得到。

可是，我们就是爱吃水果，因为它香甜。

菜重芥姜

与近乎“无用”的水果相比，蔬菜的意义就大得多了。

《黄帝内经·素问·藏气法时论篇》：“毒药攻邪，五谷为养，五果为助，五畜为益，五菜为充，气味合而服之，以补精益气。”简单地说，就是药是治病的，粮食是提供主要能量的，水果是吃着玩的，肉是补充营养的。“五菜为充”也有人说是“五蔬为充”，“蔬者疏也，所以佐谷气而疏通壅滞也。”（毛对山《医话》）用现代医学的观点看蔬菜可以给人提供纤维素，且有调和胃酸的功能。

总之，不吃水果的大有人在，不吃肉的大有人在，但不吃菜（只吃主粮）的很少很少。毕竟人类是偏素食的杂食动物。

蔬菜是什么呢？《说文解字》等古书告诉我们，就是“可以吃的草”。准确地说蔬菜就是可以吃的植物茎、叶、根，也包括一些果实（如茄子），但不包括谷物。《尔雅·释草》云：“藿（yù），山韭。茖（gè），山葱。葝（qíng），山薤（xiè）。蒚（lì），山蒜。”《黄帝内经·灵枢·五味》云：“五菜：葵甘，韭酸，藿咸，薤苦，葱辛。”

上面这两种“五菜”的说法差异很大，而对于蔬菜品种已经大大丰富的今天来说，这些名词却大多是陌生的，如果不注音我们都读不出来。即使我们看着眼熟的“蒜”，指的也不是我们熟悉的“大蒜”，而是不常见的“小蒜”。即使我们熟悉的葱，当时也更多地被当成调味品，而非主菜。说到底，古人最熟悉、最重视的蔬菜里，只有韭菜在今人的菜篮里仍然占有一席之地，笑傲了两千多年。

翻开《诗经》，第一篇就有“参差荇菜，左右流之”，往后翻两页，“采采卷耳，不盈顷筐”，再往后翻还有芣苢、葑菲等等，都可以吃。古人吃的蔬菜品种似乎比今天还要丰富呢!

然而，这些植物其实大多不好吃甚至有毒，也就是说并不适合作为蔬菜食用，所以渐渐被淘汰了。

两千多年来，水果的种类变化相对小，之前人们吃的楂、梨、橘、柚现在我们仍然在吃，大体不差。粮食的变化也不是很大，虽然今人很难说清“五谷”到底是哪五种，但米和麦这两种主粮两千年来却几乎未变，小米也并未退出人们的食单。

两千多年来，蔬菜在人类食谱上虽然一直存在，但变化甚大。而现在我们在市场上常见的各种蔬菜，才是最适合我们的。

《吕氏春秋·本味篇》除了讲到最好吃的水果，还讲到了最优良的蔬菜，即所谓“菜之美者”。

第一种是“昆仑之苹”。这个说法也是明显来自《山海经》:“有草焉，名曰蓇草，其状如葵，其味如葱，食之已劳。”（《西次三经》）可以推测是某种当时人们爱吃的选育品种，作者在记述时也许有所夸张。

第二种是“寿木之花”，即《海内经》的乐土“都广之野”上生长的“灵寿”。原文“灵寿实花，草木所聚”翻译出来就是“各种奇草异树在那里生长，连神奇的寿树都在那里开花结果”。

第三种，“指姑之东，中容之国，有赤木、玄木之叶焉”。此即对应《大荒东经》中的“中容人食兽、木实”。

第四种，“余瞀之南、南极之崖，有菜，其名曰嘉树，其色若碧”。看文风，这段文字很像是出自《山海经》。这里所提到的植物或说即《中山经》“半石之山”的“嘉荣”：“其上有草焉，生而秀，其高丈余，赤叶赤华，华而不实，其名曰嘉荣，服之者不霆。”其实除了一个“嘉”字就没有相合之点。《大荒南经》中“方食木叶”“甘木是食”等语句倒是似乎与此有关，但也已不得其详。

另外还有“阳华之芸，云梦之芹，具区之菁。浸渊之草，名曰土英”。芸香、水芹、蔓菁，这几种就跟《山海经》没关系了。土英则不详所指。

香草

现代意义上园艺作物分果木、蔬菜、观赏植物三大类，本文所谓香草，就大约相当于观赏植物。

先秦人对观赏植物的关注点，主要在“香”字上面，《离骚》里有很多代表美好的观赏植物，古人即统称为“香草”。这一点上，《山海经》也不例外。《中次十一经》中的“几山”，便是“其草多香”。

而少数不以明显香味著称却招人怜爱的植物，比如《楚辞》里“夕餐秋菊之落英”的菊、《诗经》里“有女同车，颜如舜华”的木槿，自然也应该归入香草类。

弄清了香草的概念，我们可以总结出，《山海经》里的香草有如下11种：

薜荔（桑科）

蕙 / 薰草（唇形科）

兰 / 荔、菊（菊科）

药 / 茝、芎䓖、蘼芜、槁茇/槁本（伞形科）

杜衡（马兜铃科）

芍药（毛茛科）

木槿（锦葵科）

薜荔就没有香味。

《西山经首》“小华之山”：“其草有萆荔，状如乌韭，而生于石上，亦缘木而生，食之已心痛。”郭璞注：“萆荔，香草也，蔽戾两音。”但《山海经》里并没有说萆荔（薜荔）有香味，今桑科榕属的薜荔也确实没有香味。而且，薜荔好像也不是特别好看。《楚辞》里却反复说“贯薜荔之落蕊”“薜荔柏兮蕙绸”“采薜荔兮水中”“罔薜荔兮为帷”“被薜荔兮带女罗”“令薜荔以为理”。我想，可能是因为薜荔“状如乌韭，而生于石上，亦缘木而生”，攀援而生的状态，有似于臣子之依附君主，如女萝（菟丝子）之类，有一种柔媚贞顺之美，所以为屈原所爱。

《西山经首》“天帝之山”、《中次五经》“升山”，都“多蕙”。郭璞：“蕙，香草，兰属也。或以蕙为薰叶，失之。音惠。”又《西山经首》“浮山”：“有草焉，名曰薰草，麻叶而方茎，赤华而黑实，臭如蘼芜，佩之可以已疠。”三国时期的《广雅》里说：“薰草，蕙草也。”根据《山经》的描述，我比较认同的是，薰草即蕙，亦即今唇形科百里香属的“百里香”，即零陵香。

《山经》里的兰即今佩兰、泽兰等菊科泽兰属植物，不是兰科兰属植物。《山经》中又通作蕑，在前面《我当二十不得意，一心愁谢如枯兰》一文里，我们已经重点讨论过了。

可是有一点我在那篇文章中没有说。《西山经首》“天帝之山”：“上多棕楠，下多菅蕙。”《山经》常常把同类物放在一起说，如棕楠皆美木，豕鹿（野猪和鹿）皆受捕大兽，又如“松柏”“金玉”之类，常常是“哥儿俩好”的状态。郝懿行推测菱是香草佩兰，而非作席子用的茅草类植物菅草，所用的一个佐证正是经文“菱、蘼芜、芍药、芎䓖”并列，而其他三者都是香草。所以天帝山的“菅”，很可能需要读作“兰”，“上多棕楠之美木，下多兰蕙之香草”。如果我这个猜想是对的，那么“兰心蕙质”组合在《山海经》里就已经出现了。而《离骚》里的“予既滋兰之九畹，又树蕙之百亩”、《招魂》里的“光风转蕙泛崇兰”，都晚于此。

《中次九经》“女几之山”：“其草多菊。”菊为香草，见《文选》五臣注，而菊花我们大家太熟悉，所以这里就不细谈了。

《西次四经》“号山”、《中次九经》“崃山”，都说“其草多药”。郭璞说：“药，白芷，别名虈，香草也。”（请注意“药”跟“藥”本来并不是一个字。）

《北次三经》说到祭山时有一句：“皆用一藻茝瘗之。”郭璞注：“藻，聚藻；茝，香草，兰之类，音昌代反。”《说文解字》：“楚谓之蓠，晋谓之虈，齐谓之茝。”则茝即药，即白芷、虈。

白芷今归入伞形科当归属。可能现在一般人不熟悉它，但常读《楚辞》的朋友大概会记得，《九歌·湘夫人》里说“辛夷楣兮药房”，《招魂》里说“菉苹齐叶兮白芷生”。而茝还要多见，如《湘夫人》里有“沅有茝兮醴有兰，思公子兮未敢言”。

《西次四经》“号山”、《北次三经》“绣山”，《中次十二经》“洞庭之山”，都说到“其草多芎䓖”。郭璞说：“芎䓖一名江蓠。”此即川芎，被归入伞形科槁本属。芎䓖是常用中药，《神农本草经》将之列为上品。《本草别录》称之为“香果”。

《中次十二经》“洞庭之山”：“其草多蘼芜。”另外《山经》还三次说到“臭如蘪芜”，好像当时蘼芜是很常见的植物。郭璞有两条注释：“蘼芜，香草。《易》曰：‘其臭如兰’。”“蘪芜似蛇床而香也。”

蘼芜的情况很复杂。好像大家都知道“上山采蘼芜，下山逢故夫”的诗句，但要弄清蘼芜是什么，却不是那么简单。《九歌·少司命》：“秋兰兮蘪芜，罗生兮堂下。绿叶兮素枝，芳菲菲兮袭予。”说它绿叶素枝，这跟郭璞说的“似蛇床”倒是一致。今伞形科蛇床属的植物有20余种，不知哪种有香味。

《西山经首》“皋涂之山”：“有草焉，其状如槁茇，其叶如葵而赤背，名曰无条，可以毒鼠。”郭璞注：“槁茇，香草。”

《中次三经》“青要之山”：“有草焉，其状如葌而方茎，黄华，赤实，其本如槁本，名曰荀草，服之美人色。”郭璞注：“或作苞草。根似槁本，亦香草。”

无条、荀草，似乎也是香草，但又似乎都不是伞形科槁本属的植物。槁本，李时珍说它“古人香料用之，呼为槁本香”。《水经注》：“香陉山，山上悉生槁本香，世故名焉。”

《西山经首》“天帝之山”：“有草焉，其状如葵，其臭如蘼芜，名曰杜衡，可以走马，食之已瘿。”郭璞注：“香草也。”杜衡，马兜铃科细辛属。古诗云：“新树兰蕙葩，杂用杜衡草。”

《北次三经》“绣山”、《中次五经》“条谷之山”、《中次十二经》“洞庭之山”，“其草多芍药”。郭璞注：“芍药，一名辛夷，亦香草属。”《诗经·溱洧》：“伊其相谑，赠之以勺药。”芍药是否有香味，在古代是有争议的，争议的重点在芍药的茎叶不香，不同于狭义香草。部分古人仍将其归入香草类，我想可能有两方面原因：一是芍药的根在古代是重要的调味品。汉赋《七发》列举美食时，有“熊蹯之臑，勺药之酱”的说法。三国韦昭：“勺药，和齐咸酸美味也。”二是芍药的花是美丽的，而且有香味。在这一点上，它与菊花是相同的。所以说，广义的香草完全可以包括芍药。另外，从语言上来说，“芍药”和“绰约”是音义相通的。绰约，柔婉美好之貌。《庄子·逍遥游》：“肌肤若冰雪，绰约若处子。”

我们说到的11种“香草”中，薜荔和木槿明显没有香味，菊和芍药后来皆以花朵著称，只有7种是标准的“香草”。

木槿，不见于《山经》而见于《海经》。《海外东经》说君子国“有薰华草，朝生夕死”。“薰华”或作“堇华”。薰华，即《诗经》“有女同车，颜如舜华”中的“舜华”。此“舜”即《说文解字》的“蕣”，亦即木槿。“堇华”的“堇”，通“木槿”的“槿”。“朝生夕死”即“朝花暮落”，这与木槿的花期特点是一致的。《月令》里说仲夏“木槿荣”，所以陶渊明称木槿为“荣木”。

荣木并序

荣木，念将老也。日月推迁，已复九夏。总角闻道，白首无成。

采采荣木，结根于兹。
晨耀其华，夕已丧之。
人生若寄，憔悴有时。
静言孔念，中心怅而。
采采荣木，于兹托根。
繁华朝起，慨暮不存。
贞脆由人，祸福无门。
匪道曷依，匪善奚敦。
嗟予小子，禀兹固陋。

徂年既流，业不增旧。

志彼不舍，安此日富。

我之怀矣，怛焉内疚。

先师遗训，余岂之坠。

四十无闻，斯不足畏。

脂我名车，策我名骥。

千里虽遥，孰敢不至。

年过而立一事无成的我，偶然读到这首诗，不由悲从中来。

此外，《山经》里还有关于“美梓”“美桑”的记述。有桃林“广员三百里”，是为桃花源的原型。有“莽浮之林”，“多美木鸟兽”，简直是天然花园。

嗯，换个角度看，《山海经》的世界，也是一个大花园。

美人

《山海经》里的“美人”，这个概念比较模糊。后来被当作美人，或者说跟美人联系起来的，如女子国、西王母、嫦娥（常羲）等，在《山海经》原文中，都还不具备相应的意思。比如西王母，《山海经》原文写她“豹尾虎齿，蓬发善啸”，简直有种僵尸既视感，谈何美人？

而郭璞《山海经传》《山海经图赞》中的“美人”，其实也与《山海经》本义相悖。如《海内北经》说：“犬封国曰犬戎国，状如犬，有一女子方跪进杯食。”郭璞注却说：“昔盘瓠杀戎王，高辛以美女妻之，不可以训，乃浮之会稽东南海中，得三百里地封之，生男为狗，女为美人，是为狗封之民也。”乍一看，让人怀疑起“单身狗”这个说法的合理性——连《山海经》里的狗都有对象，而且还是“美人”。然而细味《山海经》原文，我们很容易感受到画面上“方跪进杯食”的女子，不一定是美人——这就让我们“单身狗”的心理，稍微平衡了那么一点点……

《大荒北经》有“赤水女子献”，郭璞有赞曰：“江有窈窕，水生艳滨。彼美灵献，可以寤神。交甫丧佩，无思远人。”将之比作江妃二女，还直接用“美”字来形容她。然而，据学者研究，赤水女子献，其实就是“旱魃”。旱魃，“身长二尺，目在顶上”。

不过，《山海经》中毕竟还是有美人的。比如《中次十二经》中出现的“洞庭帝女”：“洞庭之山……帝之二女居之，是常游于江渊。澧沅之风，交潇湘之渊，是在九江之间，出入必以飘风暴雨。……”意思就是，洞庭山上有天帝的两位女儿居住，她们常去水边游玩，届时会有狂风暴雨。这跟美不美有什么关系？但原文先写洞庭山上尽是美矿美果和香草，后面又很怪异——按照《山海经》的惯常思维，怪异事物常伴随美好事物。重点是，后来的人们常把洞庭帝女跟帝尧二女娥皇、女英，还有《楚辞·九歌》里的湘君、湘夫人联系起来。所以后来各种美丽的《九歌图》里的湘君湘夫人大多是洞庭帝女、娥皇女英、湘神这三者的“合体”。

《中次七经》中有“姑媱帝女”：“姑媱之山，帝女死焉，其名曰女尸，化为䔄草，其叶胥成，其华黄，其实如菟丘，服之媚于人。”叶子重重叠叠是柔媚之态，菟丝子也是古典文学中常见的柔媚女性的象征。“服之媚于人”，郭璞解释为“为人所爱”，是比较合理的。据此可以想见姑媱帝女的美。

延伸开说，姑媱帝女跟“采三秀兮于山间”的山鬼（《九歌·山鬼》）和“朝朝暮暮，阳台之下”的高唐神女（宋玉《神女赋》），应该是同源的神话人物。山鬼和高唐神女的美，在《楚辞》中有非常立体的表现，兹不赘述。

《山经》中的第一美人可能要属“武罗”了：“青要之山。实维帝之密都。……神武罗司之，其状人面而豹文，小腰而白齿，而穿耳以鐻，其鸣如鸣玉。是山也宜女子。”（《中次三经》）豹纹，小蛮腰，洁白的牙齿，耳戴金饰，声如碎玉……这是《山海经》里唯一浓墨重彩写美女的篇章。而且“是山也宜女子”，下文还有“食之宜子”的䲹鸟，和“令人更美艳”的荀草。几乎整座青要山，都是美色。

非常遗憾的是，武罗的形象后来并没有得到流传发展。《淮南子注》里“青要玉女，主霜雪也”的玉女，应该是武罗，但也只是乍现。而后来明清《山海经图》中的武罗，更是丑得不成样子。

悲催的山药

悲催的山药？山药有什么悲催的呢？

这是宋朝人的一个说法，大概内容是：山药本来叫作“薯蓣”，因为唐代宗叫李豫，薯蓣就第一次被当成冒犯皇帝名讳的家伙，所以人们给改了个名字叫“薯药”。更悲催的是，三百年后北宋英宗赵曙即位，“薯”字也犯了讳，人们就只好管它叫“山药”了。

这个说法最早记载于约宋神宗元丰年间成书的《事物纪原》里，后来《本草衍义》《尔雅翼》等书沿用了它。可以说它在宋儒间流传很广，后来的学者也普遍采纳。

我们今天就来具体探讨一下，山药到底有没有那么悲催。

在古老的《山海经》里，山药就已经屡次出现了。当时的写法是“藷萸”。《北次三经》景山、《中次五经》升山、《中次六经》阳华山、《中次十二经》尧山，都是“其草多藷萸”，《中次十一经》兔床山还有不知具体所指的“木藷萸”。郭璞注《海内南经》“离耳国”还说该国“不食五谷，但啖蚌及藷萸也”。但是“藷萸”这个写法并不怎么通行，通行的是见于《神农本草经》的“薯蓣”这个写法。

“江郎才尽”的主角江淹，早年写过《闽中草木颂十五首》，其中就有《薯蓣》，说："华不可炫，叶非足怜。微根傥饵，弃剑为仙。黄金共寿，青雘争年。君谓无妄，我验衡山。"大意是，薯蓣的外表并没有什么特殊之处，但服食其根便可以得道成仙。用到了《湘中记》里神仙拿出的薯蓣类食物以保人六日不饥的典故。这里，江淹的写法就是一直以来通行的"薯蓣"。

但是薯蓣还有别的写法或叫法。《神农本草经》里就说："薯蓣一名山芋。"三国时期华佗的徒弟吴普还说："薯蓣一名诸薯。"郭璞《山海经传》："根似羊蹄，可食，曙豫二音，今江南单呼为藷，音储，语有轻重耳。"还有一些别的称呼。总之就是薯蓣的名字（或说名字的写法、读法）有很多。

"薯蓣"是一个叠韵词，而且写法、读法较多，拆分后也不好理解。所以很多朋友可能会想，"薯蓣"是不是一个连绵词呢？我想极可能是。但薯蓣又是一个专名词，也就是说它出现时，通常不具备一般的词那样的语境优势好让我们去把握它的含义。幸好《淮南·俶真篇》中还有一个很好的辞例。原文是："有无者，视之不见其形，听之不闻其声，扪之不可得也，望之不可极也，储与扈治，浩浩瀚瀚，不可隐仪揆度，而通光耀者。"高诱注："储与、扈治，褒大意也。"虽然这段抽象的哲学语言不是很好理解，但通过汉代的注解，我们还是能够大体领会："储与""藷芎""薯蓣"，都是"大"的意思。那种有大大块根的植物，就是薯蓣。

《神农本草经》里的“山芋”，也只是薯蓣的“一音之转”。《神农本草经》成书大约在汉代，不可能去避宋代的讳。“薯蓣”转为“山芋”，就跟赵曙并没有任何关系。“薯药”的出现，可能也跟唐代宗李豫并没有绝对关系。清人王念孙曾就此事说：“别国异言，古今殊语，不必皆为避讳也。”

那么，山药没有那么悲催咯？其实也不是。

在宋仁宗庆历年间，年轻的司马光写过一首《送薯预苗与兴宗》，记录了他把薯蓣的苗送给朋友邵亢（字兴宗）的事情。当时司马光用的就是“薯蓣”一词，没有避讳“曙”字，因为当时赵曙连太子都没有当上。

五十多年之后的宋徽宗建中靖国元年（1101），黄庭坚写下了著名的书法作品《山预帖》，其首句为：“当阳张中叔去年腊月寄山预来。”“薯蓣”就被他写作“山预”了。

另外，旧说赵抃（1008—1084）《山药帖》作于至和元年（1054），则在赵曙登基（1063）之前，“山药”之说就已经出现。然而或许旧说有误，《山药帖》是在英宗即位之后写成的也未可知。

至于薯蓣避唐代宗李豫的讳而称“薯药”的情况，恐怕也真实存在过。虽然我们很难在代宗以后的唐代诗文中找到“薯药”（“薯蓣”也没有，很奇怪），但此词在宋初的《太平广记》里却出现了两次，这恐怕是宋初多用晚唐资料的结果。

这么说来，山药（薯蓣）还是有一点点悲催的。

问题是，唐宋早灭亡了，人们不用再避讳“豫”“曙”两字了，“山药”也可以改回本名“薯蓣”了吧？

所以，明代的《本草纲目》就把“薯蓣”当成正统的写法、叫法，在今天的植物学专业中，“薯蓣”也是这种植物的学名，但“山药”的俗称也一直保留着。

孔雀不骄傲

玉儿已逐金环葬，翠羽先随秋草萎。

唯见芙蓉含晓露，数行红泪滴清池。

［唐］刘禹锡《和西川李尚书伤孔雀及薛涛之什》

生物学孔雀属有两个种：蓝孔雀和绿孔雀。

从雄鸟来看，除了蓝绿色区别之外，绿孔雀的冠呈簇状，蓝孔雀的呈扇状；绿孔雀的脸颊有金色羽毛，蓝孔雀的白色；绿孔雀的颈部羽毛呈鳞状，蓝孔雀的呈光滑的瓷状。然而区别最明显的是雌鸟，绿孔雀雌雄差别几乎只在尾羽上，蓝孔雀的雌鸟呈灰色，与雄鸟差别很大。

蓝孔雀在今天很常见，动物园里养的，羽毛在市场上卖的，大多是蓝孔雀。然而蓝孔雀原产于印度，绿孔雀才是中国本土的。

本篇要说的孔雀，就是绿孔雀。

孔雀在古籍中还有多种叫法和写法，如“孔”“孔鸟”“孔爵”等。最早记载孔雀的文献是《山海经》：“南方……有翠鸟，有孔鸟。”（《海内经》）郭璞注：“孔雀也。”

翠鸟、孔雀，都是南方的特产。古人很早就对它们有明确的认识，相关文献记录非常多。《大招》：“孔雀盈园，畜鸾皇只。”《九歌·少司命》：“孔盖兮翠旍。”《七发》：“孔鸟鹍鹄。”而从《逸周书·王会》《汉书·西南夷两粤朝鲜传》开始，史书里就常出现南方国家、地区向中央朝廷进贡孔雀的记载。

从古人记录可以看出，以前中国南部很多地区都出产孔雀，比如两广，但明清时相关记录就明显减少了，而现在只有云南还有极少数野生绿孔雀，比大熊猫罕见多了。

宋《尔雅翼·孔雀》：“其雌尾短，略无文彩。”意思是雌孔雀的尾巴比较短，不像雄孔雀那样有华丽的羽毛。类似的记载，说明当时所见的孔雀就是绿孔雀。

而文物上的相关图像可以更直观地说明问题。从一系列形象簇状冠羽、金色脸颊、鳞状颈羽的特征，可判断出它们都是绿孔雀而非蓝孔雀，只有敦煌壁画受印度文化影响而多画蓝孔雀。（参见本书彩插）

然而，受人类活动影响，绿孔雀几乎已经被逼入绝境。舞蹈演员杨丽萍的家乡云南，是绿孔雀在中国最后的栖息地，而这里正在轰轰烈烈地筹建某水电站，一旦建成，绿孔雀可能真的会从中国彻底消失。

孔雀，恐怕再也骄傲不起来了。

鲤鱼跳龙门

从现存文献中看，“鱼跃龙门”的鱼，最早是鲔鱼，或者鳣鱼。

“鳣”（zhān）“鲔”（wěi）两个字对今天的我们来说是比较陌生的，但在汉代之前其实不算少见。《东次三经》讲到的第六座山叫“孟子之山”：“是山也，广员百里。其上有水出焉，名曰碧阳，其中多鳣鲔。”

郭璞《山海经注》：“鳣鱼，大鱼也，口在颔下，体有连甲也。鲔，即鲟也，似鳣而长鼻，体无鳞甲，别名魱鱛，一名鱑也。”总之，鳣鲔一类，即今天我们说的鲟鱼。《诗经》里也说“鳣鲔发发”（《卫风·硕人》）、“有鳣有鲔”（《周颂·臣工之什·潜》），可见这些都是常见鱼。

《淮南子》云：“牛蹄之涔，不能生鳣鲔。”东汉末年高诱《淮南子注》：“鳣鲔也。鳣，大鱼，长丈余，细鳞，黄首，白身，短头，口在腹下。鲔，大鱼，亦长丈余。仲春二月，从河西上，得过龙门便为龙。先师说云也。”这就是已知最早的有关“鱼跳龙门”神话的记载。

大约稍晚的李奇《汉书注》里也有类似的说法：“周洛曰鲔，蜀曰魱鱛。出巩山穴中，三月溯河上，能度龙门之限，则得为龙矣。”意思是，周洛地区叫作鲔鱼，蜀地方言叫作鲔鳝。从巩县山洞里出来，暮春三月逆黄河而上，能跳过龙门天险的，就能变成真龙。

北朝的郦道元在《水经注》里提到黄河的支流“鲤鱼涧”时也说：“《尔雅》曰：‘鳣鲔也，出巩穴，三月则上渡龙门，得渡为龙矣，否则点额而还。’”大意是鲤鱼的同类鳣鲔，出自巩县山穴，暮春三月跳龙门成龙，不然撞几下额头就回去了。他可能是最早把“鱼跃龙门”跟鲤鱼联系起来的人。

古人常常把鳣鲔和鲤鱼混同，比如汉代的《毛诗传》就说：“鳣，鲤也。”清代的《毛诗多识》说：“今俗语云鲤跳龙门，盖牵合为一非一日矣。”

鲤鱼

似龙鳞又足，只是欠登门。
月里腮犹湿，泥中目未昏。
乞锄防蚁穴，望水写金盆。
他日能为雨，公田报此恩。

［唐］项斯

板桥晓别

回望高城落晓河，长亭窗户压微波。

水仙欲上鲤鱼去，一夜芙蓉红泪多。

［唐］李商隐

水仙指的是庄子的“邻居”宋国人琴高，他得道成仙，最后乘跨赤鲤出水而去。陶弘景说，鲤鱼形既可爱，又能神变，乃至飞越山湖，所以琴高乘之。

［日本］《陆氏草木疏图解》中的鳣（右）与鲔（左、中）

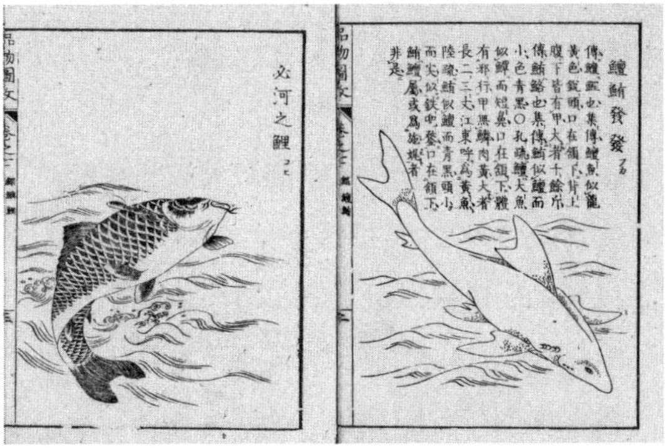

［清］徐鼎《毛诗名物图说》中的鳣鲔（右）与鲤（左）

首饰

“首饰”一词现在泛指耳环、项链、戒指、手镯甚至胸针等供人佩戴的饰品，而早期的“首饰”则是专指加于人头部的饰品。

东汉人刘熙《释名》中有“释首饰”一章，其所谓“首饰”，也包括帽子这样的服饰，和我们今天归入化妆品的粉（擦脸用品）黛（画眉用品）等物。

现将《释名·释首饰》跟《山海经》作一个对比。

《释名》之所以把帽子当作“首饰”，大概是因为古人更看重帽子的仪礼功能，而轻视其实用功能。《释名》中的“帽子”有冠、冕、章甫、牟追、收、委貌、弁等很多种，又有帽、巾之目，冕又分衮冕、鷩（bì）冕、毳（cuì）冕、黻（fú）冕，弁又分爵弁、皮弁、韦弁。

相信很多人看到上面这些名词的时候就已经晕了，好多字都很生僻，这是因为随着时代变化，当时常见的词汇、概念我们现在已很少能接触到了。总之就是当时的帽子被认为是一种“首饰”，也未尝没有道理——上面说的这些，很多都是“礼帽”，其装饰意义确实大于实用意义。

《五藏山经》中并没有“冠”字，只有《海经》中提到周饶国“短小冠带”，君子国“衣冠带剑”，延维“衣紫衣，冠旃冠”，字里行间还透露出人们对“衣冠楚楚”和“奇装异服”的关注。周饶国人虽身形矮小，但冠带俱全。君子国的衣着打扮，更是一点也不逊于“中原上邦”。至于“延维”这个“蛇身双头”的怪神的打扮，确实比较费解。根据紫衣在春秋时期一度被当作“君服”推测，旃冠（红色的帽子）也有可能是君王的标志。

《中次九经》“祭山礼”中有“冕舞”，郭璞注：“儛者冕服也。”就是说祭神时要带上特定的礼帽。《释名》曰：“祭服曰冕，冕犹俛也。俛，平直貌也。亦言文也，玄上纁下，前后垂珠，有文饰也。有衮冕……有鷩冕……毳冕……黻冕……此皆随衣而名之也。所垂前后珠转减耳。”总之有一套复杂的等级制度。《山经》中“冕舞”与“干舞”相对，冕舞是文舞，干（兵器）舞是武舞。

《释名》：“有鷩冕。鷩，雉之憋恶者，山鸡是也。鷩，憋也，性急憋，不可生服，必自杀。故画其形如衣，以象人执耿介之节也。”《山经》中屡记鷩、赤鷩、鷩鹇，皆此物，今名红腹锦鸡。但《山经》中并没有提用它来作帽子的事。古时武士又多戴“鹖冠”，也是因为鹖（褐马鸡）善斗，《山经》中也记有鹖。

《释名》中还有“缨”“笄”，都是固定帽子用的。“缨”就是帽带，从帽子垂下来，系到颈部。《海经》中有拘缨之国

“一手把缨”的记载。

《释名》中又有“缅”（xǐ，束发的布帛）、“总”（系头发用的布条）、“帻”（包发之巾），又有“簪”“揥”（搔发用具）、“导”（把头发导入头巾的工具），又有“梳”“刷”等，都跟头发有关，多属古代贵族用品。但《山海经》中没有相关内容，所以这里就不细说了。只有《西山经》中提到“毛大如笄而黑端”，郭注“笄，簪属”，然而这也只是设譬。

《山海经》中屡说西王母“戴胜”，郭璞注：“胜，玉胜也。”玉胜即华胜。《释名》：“华，象草木华也。胜，言人形容正等，一人著之则胜也。”即头上戴的玉制花朵。

耳饰，《释名》中有“瑱”（tiàn），是天子耳旁悬挂的玉饰，一说要填充到耳洞内，表示“不妄听”。《山海经》中无。又有“珰”：“穿耳施珠曰珰。此本出于蛮夷所为也，蛮夷妇女轻淫好走，故以此琅珰锤之也，今中国人效之耳。”“穿耳”“珥蛇”（以蛇贯耳）之俗，《山海经》中常见，而其他先秦古籍中鲜见。出土先秦文物中，耳饰罕见，偶尔出现也确实在远离中原文明的边陲。然而“穿耳以鐻”的美人武罗，却处于中山。武罗除了穿耳，还有“豹文”，这是否即“断发文身”之义？武罗又“小腰”，“楚王好细腰，宫中多饿死”，也是南蛮之风。或许武罗就是集合异域风情的个性美女吧。

《释名》：“脂，砥也，著面柔滑如砥石也。”说的是古代的润肤乳。《西山经》说到羬羊“其脂可以已腊”，“已”就是止，“腊”（xī）就是皮肤干裂，看来古人曾把这种动物的油脂当成润肤乳。

《释名》：“粉，分也，研米使分散也。胡粉。胡，也，糊脂和以涂面也。”古人脸上擦的粉，就是用大米作的，怎么擦匀我们现在还不知道。《山海经》虽然也记有几种嘉禾，但恐怕也跟擦脸粉无关。

《释名》：“黛，代也，灭眉毛去之，以此画代其处也。”就是说，古人把眉毛刮掉，然后用颜料画出眉毛。《中山经》记有“麋石”，古“麋”“眉”字通，所以有人推测“麋石”是一种可用来画眉的矿石。《西山经》又有“石涅”，或说即煤，古人也用来画眉。

《释名》中又写到“唇脂”（就是口红），还有“勺”（相当于胭脂），还有“赪粉”（红粉），这三种化妆品都用到了“丹”，即丹砂，其有效成分是硫化汞。《山海经》里大量出现的雘、艧、丹，皆与之有关。

《释名》中还说到“香泽”（润发露）和“强”（固发剂），这就跟《山海经》没有关系了。

《山海经》中还有金属矿、玉矿和水晶矿等，这些都可以被视为与首饰有关，但这些内容并没有出现在《释名》中。

由此可见，《山海经》所记载的“首饰”还是不少的。

五雷、雷法、雷劫

最近听《济公传》评书，其中有关“雷”的内容引起了我很大的兴趣。

一、五雷是哪五雷

首先是“狗度董平改恶为善”一段书，说的是屠户董平不孝，本该遭雷劈，只因感于幼狗护母，生出悔过之心，所以被济公巧计搭救。当董平去土墙后面方便之时，济公挑起他的肉担，激起董平追赶，正在此时土墙坍塌，董平遂躲过一劫。

原本说是“雷报”，现在却成了土墙险些压身，于是书中说：“所谓天打五雷轰，金木水火土谓之五雷，刀砍死谓之金雷，木棍打死谓之木雷，水淹死谓之水雷，火烧死谓之火雷，土墙压死谓之土雷。”

开始我以为这“五行之雷”的说法是当代说书人自己编的，后来发现清光绪年间郭广瑞本《济公全传》已有其说。于是我查阅典籍，发现“五雷”的歧说甚多。

“五行之雷”的说法并非清末才有。

《道藏》中提到“五雷”的书非常之多，其中有一本大约南北朝后期成书的《七元召魔伏六天神咒经》，是已知最早提到“五雷”的文献。其书分“三品”（相当于三篇），第二品是《七真命召五雷神兵伏魔品》，“言召请五天云雷火铃神兵消灭精魅，祛除疫气之法”。（《道藏提要》）

此书所谓的“五天神雷”的“五天”就是东南西北中五方之天，“五雷”其实就是笼罩天地从而令妖邪无处容身之雷。

由于古人早已将“五方”和“五行”紧密联系在一起，所以在这篇《七真命召五雷神兵伏魔品》中，东方会有“木精吏兵”，南方会有“炎精吏兵”，西方会有“金精大神”，北方会有“水精大神”，而中央会有“土皇神符”。

总之，最早的“五雷”是指“五方之雷”，而紧接其后的便是“五行之雷”。

而后来“五雷”却衍生出多种说法，除了上面说的“五方雷”“五行雷”，还有：

一、“邓天君五鼓”雷。明《北游记》中有一回“收五雷”，讲的是玄武大帝收服“雷主”邓成邓天君（就是《封神榜》里的邓忠、《西游记》里的邓化）的五个手下，其名曰周昌、赵广、史定、刘泽、裴渐。“天君于庙门大喝一声，手执令牌一照，五雷神跪于天君面前。天君用手自南方一指，指出五个雷公，尖嘴鸡翅，手执尖锤近前，那五神变出真形，却只是五个鼓，五雷神押住。”

二、“五虎上将”雷。元《贯斗忠孝五雷武侯秘法》中，诸葛亮成了雷部正神，关羽、张飞、赵云、马超、黄忠等“五虎上将”成了他的副将，为之行雷。

三、“五兄弟”雷。《太平广记》引《神仙感遇传》记载：唐朝人叶迁韶小时候在大树下避雨，忽然大树被雷劈成两半后又合上，雷公却被树缝给夹住了。叶迁韶把雷公救出，雷公为了答谢他，传他一部法术秘笈，并说：“我们兄弟五人。你听到雷声，只要口唤雷大、雷二等，我们就会出现。不过雷五这家伙性格刚烈暴躁，没有什么危急的事，你最好别叫他。”如此，五雷依次为雷大、雷二、雷三、雷四、雷五。

至于南宋道教理论家白玉蟾所著《武夷集》里《雷府奏事议勋丹章》一篇，说法就更复杂了，共列出十种“五雷”的异说：

臣闻阴阳二气结而成雷，既有雷霆，遂分部隶。九天雷祖因之以剖析五属，神霄真王用之以宰御三界。质之于金岌，考之于玉录，谓如五雷者，尝有疑焉。

玉枢之雷书曰:一乃天雷也，二乃神霄雷也，三乃水官雷也，四乃龙雷也，五乃社雷也。

神霄之雷书曰:一乃风雷也，二乃火雷也，三乃山雷也，四乃水雷也，五乃土雷也。

大洞之雷书曰:一乃圣充威灵震动雷也，二乃震雷哮吼霹雳雷也，三乃八灵八猖邵阳雷也，四乃波卷水雷也，五乃正直霹雳闪电大洞雷也。

仙都之雷书曰:一乃天雷也，二乃地雷也，三乃风雷也，四乃山雷也，五乃水雷也。

北极之雷书曰:一乃龙雷也，二乃地雷也，三乃神雷也，四乃社雷也，五乃妖雷也。

太乙之雷书曰:一乃东方青气木雷也，二乃南方赤气火雷也，三乃西方白气金雷也，四乃北方黑气水雷也，五乃中央黄气土雷也。

紫府之雷书曰:一乃春雷也，二乃夏雷也，三乃秋雷也，四乃冬雷也，五乃轩辕雷也。

玉晨之雷书曰:一乃紫微雷也，二乃邓都雷也，三乃扶桑雷也，四乃岳府雷也，五乃城隍雷也。

太霄之雷书曰:一乃甲乙雷也，二乃丙丁雷也，三乃戊已雷也，四乃庚辛雷也，五乃壬癸雷也。

太极之雷书曰:一乃神霄雷也，二乃地府雷也，三乃水官雷也，四乃九州雷也，五乃里域社庙雷也。

太上所传雷书，若夫前件十本所载，各有异同。

古之五雷，未审以何为正者也。

二、五雷法

北宋末年，道教界兴起一种法术叫“五雷天心正法”，又名“五雷正法”“五雷法”“雷法”等等。此后迅速成为影响最大、应用最广的祈祷驱邪法术。

郭广瑞《济公全传》中有“五雷八卦天师符”的名目，恐怕与此有关。但书中语焉不详，只说此符呈卷轴状，平时挂在家中，可祛除邪祟，镇宅保平安。中间这符被秦丞相得去，挂在阁天楼中，不想给阁天楼招来一场火灾，这才有后来秦相派人去灵隐寺借木材的故事。又，今道教中尚存“五雷符”，不知含义与《济公传》中所说是否相同。

清初《新镌绣像曲头陀济颠全传》第二十二回《看香市沿途戏谑　借雷公拨正邪萌》记，有个卖假药的发誓说：“如若有假，必遭赤心忠良王元帅金鞭打死，或遭天心正法五雷击死。”于是济公跟疯道士学来了“五雷戏法”，“只要书一道灵符，将纸封着，若要用时，暗地拆开，手中就有轰雷迸起，人人害怕，不敢轻用”，将坏人戏耍了一番。有种手榴弹的既视感。

而郭广瑞《济公全传》中济公请雷时，则必定恭恭敬敬向着西北乾天磕三个头，一反平时玩世不恭的状态。甚至济公的徒弟见了，都感到奇怪：“我自从认济公为师，也未见他磕过头。他在庙里也从没烧过香，拜过佛。”

诸书所言五雷法甚是神异，几乎无所不能。比如拘神遣将：《西游记》“车迟国斗法”一回，虎力大仙求雨用的就是五雷法，惊动了玉帝，招来邓天君并雷公电母等等。比如排兵布阵：《水浒传》《锋剑春秋》《宋太祖三下南唐》等古代小说中，都有关于五雷阵的记述。

这里我们只重点说一下《阅微草堂笔记》里的一个故事：乾隆年间龚集生住在北京的灵佑宫里，与一个道士结识。龚请道士看戏，完事后道士说要回请龚看傀儡戏。晚上龚集生果然在道士居所的一个棋盘上面，看到了一场惟妙惟肖的“傀儡戏”，而且每一出演完之后，小演员们都会忽然消失不见，而下一出的演员又忽然落到棋盘上开演。看得龚集生等人既惊又喜。最后道士告诉他，这是用五雷法驱使狐狸作到的。“然惟供驱使则可，若或役之盗物，役之祟人，或摄召狐女荐枕席，则天谴立至矣。”

三、雷劫

《济公传》“白水湖捉妖”一段，说“飞龙”幻化的“假济公”，在与湖中妖怪斗法时，忽然天雷降下，湖中妖怪赶紧躲避，而“台上假济颠也怕雷，他也是妖精，自己一想：得找个有造化的人，可以躲避雷，大概知府顾国章皇上家的四品官，必有造化”。这里就涉及一个非常有意思的母题，就是“妖怪避雷劫”。什么是“妖怪避雷劫”，诸家说法并不统一。大概是，妖怪经过一定时间（或说六十年或说五百年不等）的修炼，就会有天雷来劈打它，是为“天雷劫”，或说“雷火劫”。如果妖怪避过了这一次雷劈，就能晋级再活，再修炼一个时间段（或六十年或五百年），等待下一次雷劫，周而复始（或说三次以后就不会再劈）。躲避雷劫的最常见办法，就是找一个有造化的人来依附，因为雷不会劈有造化的人。

避雷劫的故事情节在清代小说中经常出现，并具有很重的分量。如《三侠五义》第二回，有“雷部宣威狐狸避难”的情节，说包公幼年时在古庙中避雨，“忽觉背后有人一搂，将腰抱住，包公回头看时，却是一个女子，羞容满面，其惊怕之态令人可怜。包公暗自想道：‘不知谁家女子从此经过，遇此大雨，看她光景想来是怕雷。慢说此柔弱女子，就是我三黑闻此雷声，也觉胆寒。’因此索性将衣服展开，遮护女子。外边雷声愈急，不离顶门。约有两三刻的工夫，雨声渐小，雷始止声”。此后包二嫂送来毒饼暗害包公，狐狸施法术将毒饼从包公手中打落，是为狐狸一报恩。二嫂又以取簪为名诱骗包公入井，狐狸又诱包公出井，并暗赠照妖镜，是为狐狸二报恩。包公赶考时，“阴差阳错”与李氏小姐定亲，并得古今盆，是为狐狸三报恩。后来他用古今盆医好李太后的眼疾，而照妖镜、古今盆，与他陈州放粮时所得之游仙枕，遂为开封府三宝，引出白玉堂盗三宝等一系列情节。

《海公案》则说五指山之豸兽避雷劫，躲在海玉衡家书案下，其后天使带它托生海家，是为海瑞。

《聊斋志异》中《娇娜》《小翠》两篇也以“雷劫说”铺垫。《娇娜》说的是书生孔雪笠于患难之中结交皇甫公子及其一家，皇甫救济孔，并聘以表妹阿松，后皇甫公子向孔雪笠道明自己全家皆狐，并央求孔助避雷劫。《小翠》则开篇即讲明狐狸受王太常之恩，得避雷劫，后狐女小翠嫁与王氏痴儿元丰以报恩德。

纪晓岚说：“狐狸避雷劫的故事，在宋以后的小说里有很多。但这个说法好像有问题。说狐狸没有罪吧，天雷届时来劈就是滥用刑罚。说狐狸有罪吧，又为什么不是犯罪后即予以惩罚，非得等到那个时刻呢？而且让它知道以提前躲避，躲过那一时又不再追究。这上天的刑罚也太不靠谱了吧。”（《阅微草堂笔记》卷七）

其实民间传说不能深究，“认真你就输了”。而且一则避雷劫的不只有狐狸，其他妖怪甚至修炼左道的人类也会有雷劫之忧。二则说此类故事见于宋以后也不太准确，事实上它们出现在明以后，唐宋时流传的则是另外一类故事。

清《醉茶志怪》中有“卖书叟”一则，说的是蝎虎精避雷劫的故事，其情节略似《庄子·外物篇》的“神龟现梦”。故事说：山东人董生，聪敏过人。有一个卖书的老人跟他过从甚密，老人擅长算命，推算的事也都能应验，曾推算董生的命运说："四十岁就能作封疆大吏，最后可以位列王侯。"后来有一天晚上，老人酒醉留宿在董生家里，并告诉董生："予醉眠后，万勿私窥。"董生允诺，但老人又反复嘱咐，遂使董生疑心。晚上过去一看，发现老人变成了一只大蝎虎，董生遂将之斩杀。后来老人托梦对董生说："我本来以为你是个有造化的人，所以想倚靠你躲避雷劫，没成想竟遭你毒手。你我交好多年，我没有得罪过你。你发现我的原形，跟我绝交已经到头儿了，怎么能忍心下此毒手？"后来董生惑于白莲教，占据山头，自立为王，应了老人前所占算，然而终至满门抄斩。

《醉茶志怪》中又有一则《妖避雷》，说作者本县田家庄关圣庙有棵二百多岁的古槐，某雷雨天，树梢上站着一个小孩，光着身子，手拿红旗，旗子一挥，雷电就退散了，反复多次，雷不得劈。天放晴之后，人们在庙墙上见到一个大蝎虎，有七尺多长。这个故事还有一个版本说，人们把那蝎虎杀死了，看到那红旗只有一寸多，"败布夹以草梗而已"。

前引雷劫之说都是清代的，而明代也有少量类似故事，如《于少保萃忠传》中有乌道人事，这里就不细说了。

《西游记》中倒是有与之相关的一个说法，从中可以窥见"雷劫"之说的早期状态。说石猴向须菩提学艺，须菩提告之以雷、火、风"三灾"："丹成之后，鬼神难容。虽驻颜益寿，但到了五百年后，天降雷灾打你，须要见性明心，预先躲避。躲得过寿与天齐，躲不过就此绝命。再五百年后，天降火灾烧你。这火不是天火，亦不是凡火，唤作阴火。自本身涌泉穴下烧起，直透泥垣宫，五脏成灰，四肢皆朽，把千年苦行，俱为虚幻。再五百年，又降风灾吹你。这风不是东南西北风，不是和熏金朔风，亦不是花柳松竹风，唤作赑风。自囟门中吹入六腑，过丹田，穿九窍，骨肉消疏，其身自解。所以都要躲过。”

前面引用的叶迁韶的故事，还有一个类似版本也记载在《太平广记》中，不过故事的主人公换成了狄仁杰。也是说雷公被夹在树中，但这回交待了雷公被困的原因：大树中有乖龙，雷公本想劈开大树抓取乖龙，不成想反被大树所困。

“乖龙”为何物，原文中并没有细说，但《太平广记》中还保存了《北梦琐言》的一个说法：“世言乖龙苦于行雨，而多窜匿，为雷神捕之。”后面还说，乖龙常常藏在古木及楹柱里，所以古木楹柱常遭雷劈；它有时在旷野中无处躲藏，就躲进牛角或附在牧童身上，人畜便因此受到牵连而遭雷劈。

宋《茅亭客话》卷五“避雷”条说：至道丙申年（996）夏五月，有个叫作罗袂长的俳优早晨去南郭井口庄走亲戚，路上拿了别人三条鱼放雨伞里，回来的时候遇上雷雨，罗袂长怕鱼是龙变的，所以把伞丢弃在田里。次日回到家中，有人给他送回伞和鱼，说见到雷取龙而去，伞及鱼也被燎伤。

“雷劫说”大概就是在此“雷取乖龙”的传说基础上混合佛家“劫数”之说而来的。

乖龙传说其实在唐代就已经出现了，虽然并不像在宋代文献中那样明确。

比如元稹《放言五首·其三》曰：

霆轰电烻数声频，不奈狂夫不藉身。
纵使被雷烧作烬，宁殊埋骨扬为尘。
得成蝴蝶寻花树，傥化江鱼掉锦鳞。
必若乖龙在诸处，何须惊动自来人。

《说文解字》：“乖，戾也。”乖龙，大概就是不守行雨天职的恶龙。

东汉王充《论衡·龙虚篇》就已经说了：“盛夏之时，雷电击折破树木、发坏室屋，俗谓天取龙，谓龙藏于树木之中，匿于屋室之间也，雷电击折树木、发坏屋室，则龙见于外，龙见，雷取以升天。世无愚智贤不肖，皆谓之然。”可见汉代就有相关传说。

《山海经》中有“服之不畏雷”的鸟和鱼，都能拿来避雷。乖龙如果“读”过《山海经》，恐怕就不用再躲到树木和屋室里面了吧？

［清］佚名《三教源流搜神大会》中的五雷神

夸父神话的流变

一、上古：先秦

现可知有关夸父的资料最早出现在《山海经》中，《山海经》的写作年代可以大致确定为战国。就是说，已知最早的夸父神话反映的是战国时期某部分人的认识。由于尚未发现其他可信的先秦资料，我们可以保守地认为夸父神话在当时并不是很流行。

夸父“追日”的故事在《山海经》中一共出现了两次，分别在《海外北经》（下文或简称为“海经”）和《大荒北经》（下文或简称为“荒经”）。现取《大荒北经》的写作年代早于《海外北经》这种观点，以时间顺序依次介绍：

大荒之中，有山名曰“成都载天”。有人珥两黄蛇，把两黄蛇，名曰夸父。后土生信，信生夸父。夸父不量力，欲追日景。逮之于禺谷。将饮河而不足也，将走大泽。未至，死于此。应龙已杀蚩尤，又杀夸父，乃去南方处之，故南方多雨。

《大荒北经》

夸父与日逐走，入日。渴，欲得饮。饮于河渭，河渭不足，北饮大泽。未至，道渴而死。弃其杖，化为邓林。博父国在聂耳东，其为人大，右手操青蛇，左手操黄蛇。邓林在其东，二树木。一曰博父。

《海外北经》

需要注意的是，两段文字各自独立，有不同的表达背景，其意义我们很难完全理解，也不宜“断章取义”。

《荒经》“……逮之于禺谷。将饮河而不足也，将走大泽……”的表述似乎不是很连贯，上句明明是说夸父身在禺谷，接下来却说夸父“饮河”，而黄河不在禺谷附近。“……死于此。应龙已杀蚩尤，又杀夸父……”这里的表述也不是很通顺，致使“死于此”的“死”长期以来被我们误会为“渴死”而与下文“被杀”矛盾。其实“死于此”的“死”就是下文的“被应龙杀死”。《海经》中“入日”一语很费解，“进入太阳”“把太阳摄入体内”“把太阳赶下山”“太阳甩掉夸父下了山”等种种解释都不是很完美。

下面我们来看这张对照表：

	地望	容貌装扮	世系	评价
《荒经》	大荒之中有山，名曰“成都载天”。	有人珥两黄蛇，把两黄蛇。	后土生信，信生夸父。	夸父不量力。
《海经》	博父国在聂耳东。邓林在博父东。禹所积石山在邓林东。	其为人大，右手操青蛇，左手操黄蛇。	—	—

	情节1	情节2	情节3	情节4
《荒经》	欲追日景。	逮之于禺谷。	—	饮河而不足
《海经》	与日逐走。	入日。	渴，欲得饮。	饮于河渭，河渭不足。

	情节5	情节6	情节7
《荒经》	走大泽。未至。	死于此：被应龙杀于成都载天之山。	—
《海经》	北饮大泽。未至。	道渴而死。	弃其杖，化为邓林。邓林在其东，二树木。

“世系”一栏说明《荒经》的作者对夸父是敌视的。他对“夸父不量力”的评价、对其被黄帝手下“应龙”杀死的结局的介绍、将其与“作乱”的蚩尤并提的叙述方式，都能说明这种敌视。

而《海经》的作者对夸父是赞誉的。《海经》中“其为人大”，是对夸父身材的夸赞；言其“渴，欲得饮”，在“河”之外多出的“渭”，都强调了夸父的渴，为其死开脱；最后作为“新生”出现的“邓林”，是对夸父强盛生命力的赞誉。这几项在《荒经》中是没有的。

《荒经》“欲追日景”与《海经》“与日逐走”的表述貌似相同，其实前者反映的是不屑，后者流露的是仰慕；前者凸显了夸父和太阳两者力量的悬殊，后者把两者放在平等的位置上。

《山海经》中还有对“夸父兽”和“夸父山”的记述。兽之“夸父”与追日之“夸父”同名异实，在后来的神话史中发展成为别的东西，而与“夸父追日”彻底没有了关系。夸父山的话题我们放在下面“民间传说”部分讨论。

《山海经》问世之前，夸父追日的传说应该也存在，也就是说这个故事不是《山海经》的作者“虚构”的，他们只是把流传已久的故事记录了下来。这个故事也肯定不限于这两个版本所记录的有限情节，还会有一些内容是我们现在不知道的。

二、中古：秦到隋

《山海经》之后，第一个提到夸父的是《吕氏春秋》，说大禹求贤时去过北方的“夸父之野”（《求人篇》），用到的概念是《山海经》中已经出现的“夸父国”。第二个是《淮南子》，说“真人”能够“臣雷公，役夸父”，这是一种类似《楚辞》“前望舒使先驱兮，后飞廉使奔属”的艺术夸张，其实带有一种对夸父神力的赞誉。

随着神仙思想的发展，自东汉末年开始，夸父也被人们描述为仙人。这一现象在高诱的《淮南子注》中就开始出现了，在阮籍、陶渊明和郭璞的诗文中也有不同程度的体现。曹丕的《列异记》对此有比较具体的记述："昔有神人，姓邓名禹字夸父，自有神力，身长一千七百丈。手执桑之杖与日竞走。所弃鞭策及所执杖桑之杖，皆化作林木，以其姓，因号邓林也。"但是这种仙人形象在后世没有传承发展下去。

郭璞的《山海经注》和今本署名张华的《博物志》中出现了一种糅合《山海经》中两类记述的倾向，这一倾向在张湛本《列子》中也有集中体现。其《汤问篇》云："夸父不量力，欲追日影。逐之于隅谷之际。渴，欲得饮。赴饮河渭，河渭不足，将走北饮大泽。未至，道渴而死。弃其杖，尸膏肉所浸，生邓林。邓林弥广数千里焉。"此版本"夸父追日"故事是连接上古、近古和当代夸父神话的关键一环。

本来《大荒北经》与《海外北经》两段记述各自独立，张湛本《列子》却将两者拆卸重组了。上表所具有的地望、容貌装扮、世系三项，在这里都已经没有了，夸父被杀的情节也没有了。

拆卸组装的目的是描画一个"恃能以求胜，步影而不及"的"悖道者"形象。然而它还保留着"逐之于隅谷之际"这样一个含混的情节，结尾处对"邓林"的描述，尤其是"邓林弥广数千里焉”一句，与它的主题实质上是相悖的。但它足以影响近古以来的人们对夸父的认识。

中古时期的典籍对夸父的态度更倾向于褒扬。比如阮籍《咏怀诗》“夏后乘灵舆，夸父为邓林”，是对夸父仙迹的艳羡。葛洪《抱朴子·辨问》“飞廉、夸父，轻速之圣也”，是对夸父神力的赞扬。江淹《遂古篇》“夸父邓林义亦艰兮”，是对夸父境遇的同情。对故事情节记述最完整最富情感的便是陶渊明的《读山海经十三首·其九》：

夸父诞宏志，乃与日竞走。
俱至虞渊下，似若无胜负。
神力既殊妙，倾河焉足有。
余迹寄邓林，功竟在身后。

三、近古：唐到清（征引）

近古以来人们大量辗转抄引夸父追日的故事，这些主要保留在书注和类书中。在这些不合《山海经》原著而且相互存在差异的“辗转抄引”中，反而呈现出一个面貌明晰的夸父神话。

目前为止我收集到100多条引文，下面是其中作为代表的15条：

1.《山海经》曰："夸父与日竞走。渴饮河渭，不足，北饮大泽。未至，道渴死。弃其杖，化为邓林。"（《文选》卷二张平子《西京赋》"尉若邓林"条李善注）

2.《山海经》曰："夸父追日。渴饮河渭，不足，北饮大泽。未至，道渴而死。弃其杖，化为邓林也。"郭璞注曰："夸父，神人，言能反日景。"（［唐］徐坚《初学记》卷一《天部上·日第二·事对》"夸父追日 鲁阳挥戈"条）

3.《列子》曰："夸父善走，能与日争驰，所死之地化为邓林。"（［唐］《慧琳音义》卷八十三《大唐三藏玄奘法师本传卷第六》"夸父之所凌厉，无述土风"句注）

4. 夸父与日竞走。渴饮河，河涸不足，北饮大泽，未至，道死。弃其杖，化为邓林……（［唐］释道世《法苑珠林》第三十二《变化篇第二十五》）

5.《山海经》云："夸父与日争走，乃渴死于道，弃杖而成邓林。"（［唐］韩鄂《岁华纪丽》第四卷"逐有夸父"条注）

6.《山海经》……又曰："夸父追日，渴饮渭水；不足，北饮大泽；未至，道渴而死。弃其杖，化为邓林。"（［北宋］李昉《太平御览》卷三《天部三·日上》）

7. 夸父追日不及，渴饮黄河而竭，掷其杖化为邓林也。（［北宋］释慧宝《北山录·天地始第一》"曜灵非夸父能遂"句注）

8. 夸父不量力，欲追日景，道渴而死，弃其杖，尸膏肉所浸，生邓林，邓林弥广数千里。（［南宋］潘自牧《记纂渊海》卷八）

9. 夸父不量力，欲追日景，逮之于禺谷。渴欲得饮，饮于河渭；河渭不足，北饮大泽。未至，道渴而死。弃其杖，化为邓林。注："夸父者，神人之名也；其能及日景而倾河渭，岂以走饮哉！"禺谷，郭璞注："禺渊，日所入也，今作虞渊。"（［南宋］汤汉《陶靖节诗注》）

10.《山海经》云："夸父与日争走，乃渴死于道，弃杖而成邓林。"（［元］陶宗仪《说郛》卷六十九下"逐有夸父"条）

11.《山海经》曰："夸父追日，道渴而死。弃其杖，化为邓林。"（［明］胡之骥《江文通集汇注·遂古篇》"夸父邓林义亦艰兮"句注）

12. 夸父与日逐走，入日。渴，欲得饮。饮河渭，河渭不足，北饮大泽，未至，道渴而死。弃其杖，化为邓林。（［明］陈耀文《天中记》卷一"逐日"条）

13.《列子》："夸父不量力，欲追日影，逐之于旸谷之际，渴欲得饮。赴河饮不足，将北走大泽中，道渴而死。"（［明］张岱《夜航船》卷一《天文部·日月》"夸父追日"条）

14. 时戴天有两个神人，名夸父，耳上珥两黄蛇，手上把两黄蛇，见日行得快，道："我也善走，必须追着那日。"于是用力赶去，却也走得如风似电的。速赶得忙，口渴甚欲得水吃，遂饮于河、渭，河、渭被他一口吸尽。又北饮于大泽，见日已入了，赶不及，渴死于禺谷之路上。夸父乃弃去其杖，遂化为邓林。（［明］钟惺《夏商野史》第五回）

15.《山海经》曰："夸父与日逐走，道渴死，弃其杖，化为邓林。"（［清］仇兆鳌《杜诗详注》二十三卷《风疾舟中伏枕书怀》"扶危觅邓林"句注）

可以清晰看出这些引文与张湛本《列子》的文本关系。"逮之于禺谷"/"入日"/"逐之于隅谷之际"的情节，常常被略去；"邓林"虽被保留下来，意味却与上古不同。

可见，当代引文中频繁出现的"大荒之中，有山名曰成都载天。有人珥两黄蛇，把两黄蛇，名曰夸父。后土生信，信生夸父"这一段文字，在近古很少被抄引。当代引文中不太经常出现的"应龙杀蚩尤与夸父"一段文字，在近古几乎没有人将之与"夸父追日"并提。倒是他处讲到应龙杀蚩尤，或者"土龙致雨"的时候捎带着提一下夸父。"夸父二死"的话题在中古的郭璞那里被提出后，一直到清末，很少有人去讨论。这说明《大荒北经》中那些"民族情感"，在近古时期早已被淡忘了。

夸父在近古，被简化为一个"狂妄""强健"又略显"执着”的形象。

四、近古：唐到清（褒贬）

早在六朝时的刘宋，已经有释僧愍说出了“真谓夸父追日必渴死者也”的话，近古典籍对夸父的态度也以贬斥为主。

还是拿陶渊明的那首诗来说。原诗明明在热血沸腾地赞扬夸父的进取精神，近古时期却出现了反向的解释，比如清人何焯说：“妙在纵其辞以夸之，后人不窥此妙。余迹二句，言其为夸也至死不悟。”陶澍也说：“此盖笑宋武于垂暮举事，急图禅代，而志欲无厌。究其统绪，所贻不过一隅之荫而已。乃反言若正也。”

以下三首提到夸父的“和陶诗”也是这样的：元人刘因：“明星捧玉液，太华参天长。仙掌一挥谢，此乐殊非常。矫首望夸父，饥渴无余粮。奔竞竟何得，归哉此中央。”明人李贤：“神人有夸父，追日极奔走。穷力在虞渊，斯志终见负。渴饮河渭枯，涓滴亦无有。弃杖为邓林，空传百世后。”明人黄淳耀：“精卫何其愚，填海欲成岭。夸父持杖走，猛气逐日景。彼为不可成，至竟同灰冷。……”

其他诗文也大体如此：唐人皎然：“日出天地正，煌煌辟晨曦。六龙驱群动，古今无尽时。夸父亦何愚，竟走先自疲。饮干咸池水，折尽扶桑枝。渴死化爝火，嗟嗟徒尔为！

空留邓林在，折尽令人嗤。”宋人梅尧臣：“夸父逐日死，共工触天倾。二子不量力，空有千古名。”元人陈高：“夸父矜其能，走远不知复。至今西海上，青青邓林木。”明人刘基：“轩辕未必迷襄野，夸父终当死邓林。”清人纳兰性德：“诞矣鲁阳戈，荒哉夸父步。”这样的例子还能举出很多。

近古典籍中对夸父的赞誉也不是不存在，但绝大多数仅止于崇拜其神力，肯定其精神的相当罕见。

总之，近古典籍中的夸父几乎完全是一个反面形象。

五、近古：唐到清（变异）

从上面的材料中我们还可以得到这么一个认识，夸父神话的流传是一个不断“失传”的历程，而不太能看到“层垒”的痕迹。那么夸父神话在流传中，有没有新增的故事元素呢？有。

比如宋代《路史》将夸父编入炎帝的谱系。夸父有炎帝血统这一点，在我们今天看来算是神话常识，但是明确记述他是炎帝后裔的古代文献，我们今天所见也仅有这一处。其他诸如《万姓统谱》《同姓名录》《尚史》《绎史》等讲述谱系或上古史的书，都并没有这样说。

《路史》还说“夸父以驶臣丹朱”，后代征引这个说法的很少，可以说最终没得到流传。

上文说到的夸父被当成仙人的现象，在近古几乎完全消失了。

邓林的传说，在《山海经》之后是有发展的，《列子》中的“邓林弥广数千里焉”就是一个比较清晰的表达。传世文献提到邓林之处比提到夸父的还多，但是在很大程度上，后来的“邓林”与“夸父”失去了关系，单纯地成为“大而美之林”的代名词。

六、民间传说

民间传说中的夸父遗迹主要有以下几个：河南夸父山、甘肃振履堆、辰州撑锅崖、浙江夸父迹、荆州夸父迹。

《山海经》中提到的“夸父之山”，据说是今天河南灵宝的“夸父山”。这座山，包括与之相关的“桃林”，在历代典籍中大量出现。虽然当代有很多调查报告可以显示此“夸父山”与“夸父追日神话”两者之间还是有很大关系的，但是大量的古代资料中我只见到宋《元丰九域志》、清《河南通志》、清《阌乡县志》三本书将其联系在一起。宋《元丰九域志》记载当时该地区有“夸父庙”。清《河南通志》说：“周穆王时，夸父善走，追日卒于此，故名。”清《阌乡县志》说：“夸父，未详其为何许人，以善走闻，日行万里。尝逐日，欲穷其际，道渴，饮于大泽之野，不足而死。弃其杖，化为邓林。见《列子》。按，夸父山，在县东南，即其所卒处。”

今见《北堂书钞》卷一百五十七引《安定图经》曰：“振履堆者，故老云夸父逐日，振履于此，故名之。”这条有可能是后人增补的，而非出自唐初原本，但是振履堆的传说自此频频见于典籍，其地在今甘肃泾川，俗名米面山。

唐《朝野佥载》：“辰州东有三山，鼎足直上，各数千丈。古老传曰：邓夸父与日竞走，至此煮饭。此三山者，夸父支鼎之石也。”此记述也频频被抄引。其地在今湖南沅陵，俗名“撑锅崖”，又名“夸父山”。

宋《太平御览》卷四十七引《郡国志》曰：“台州覆釜山……有巨迹，云是夸父逐日之所践。”此段文字也被抄引而流传。其地在今浙江台州。

《太平御览》卷三百八十八引盛弘之《荆州记》曰：“零陵县石上有夸父迹。”此记述不见其他书籍抄引，大概是失传了。零陵略相当于今湖南永州，柳宗元被贬之处。柳氏在其地作诗咏夸父抒发悲愤，不知是不是与当地民间传说有关。

七、结语

总体来说，夸父神话的流变情况是比较简单的，先是从种种远古传说中遗留下两个版本，后来在民族融合的大背景下演变成一个主要版本，在不同时期出现一些情节变异，而自始至终存在两种截然相反的形象。

《山海经》中的夸父形象不是后来我们所熟知的，张湛本《列子》中的才是。唐到清一千多年间，人们对夸父的态度以贬抑为主。

明刻本《有夏志传》中的夸父形象

《山海经》与神仙思想

严格来说，《山海经》中并没有直接出现“仙”这个概念，其神仙思想，更多地体现在“不死”之上。

“不死”的含义在《山海经》中共有数种：一是“不会死亡”，即永生。二是“晚死”，即长寿。三是“本来死去的生命又复活”，即起死回生。第一种是标准的“不死”，相当于后来神仙家所追求的得道成仙，后两种是衍生义。

一、《西次三经》中浓厚的神仙色彩

与杂乱的《海经》相比，《山经》的风格和内容还是比较统一和连贯的。《山经》中特殊的只有《西次三经》。《西次三经》之外的《西山经》山川率多可考，所提及的地名如泾水、渭水、洛水等，基本在陕西、山西及其周边，而其物产如野牛、羚羊、毛竹等，也大多平实可信。但是《西次三经》所记录的山川地理，却断然不在晋陕一带，具体所在待考。《西次三经》最明显的特点，莫过于其浓厚的神仙色彩。

《西次三经》所描述的“神”，数量上相对于《山经》中的其他组是比较多的，有帝、钟山子鼓、神英招、后稷、槐鬼离仑、有穷鬼、神长乘、西王母、白帝少昊、员神磈氏、神江疑、神耆童、帝江、神蓐收、神红光等，又多“帝之搏兽之丘”“帝之平圃”“帝之下都”“天之九部及帝之囿时”“帝之百服”之语。

《西次三经》中所提及之山，多具备一些神秘色彩，如昆仑、轩辕。《楚辞·九章·惜诵》：“登昆仑兮食玉英，与天地兮同寿，与日月兮齐光。”可以看出，昆仑山早已经被神化，其生产的玉石都有延年益寿的功效，人人都向往。有些山还处于神性包围之中，比如“帝之平圃”槐江之山，“南望昆仑，其光熊熊，其气魂魂，黄帝所在；西望大泽，后稷所潜；北望诸毗，槐鬼离仑居之；东望恒山四成，有穷鬼居之”。加上此山所出之琅玕、金玉、雄黄、丹粟，以及马身人面虎文鸟翼，徇于四海，其音如榴的神英招，使我们强烈地感知到槐江之山是一个神仙世界。

而《西次三经》中记载的物产，大多数具有神奇的功能，恐怕多出于虚构和夸张。比如不周山“爰有嘉果，其实如桃，其叶如枣，黄华而赤柎，食之不劳”；峚山“其上多丹木，员叶而赤茎，黄华而赤实，其味如饴，食之不饥”；昆仑山“有木焉，其状如棠，黄华赤实，其味如李而无核，名曰沙棠，可以御水，食之使人不溺”，“有草焉，名曰蓍草，其状如葵，其味如葱，食之已劳”。这些具有特异功能的植物，想来只有神仙世界才会有。

在“不死”神话这一方面，《西次三经》提到了峚山的“玉膏”，“是有玉膏，其源沸沸汤汤，黄帝是食是飨。是生玄玉。玉膏所出，以灌丹木，丹木五岁，五色乃清，五味乃馨。黄帝乃取峚山之玉荣，而投之钟山之阳。瑾瑜之玉为良，坚粟精密，浊泽而有光。五色发作，以和柔刚。天地鬼神，是食是飨。君子服之，以御不祥”。此处“不祥”的意思就是“死”。这也是《史记·封禅书》所述黄帝乘龙升天传说的本源。黄帝成仙之法，传闻异辞，燕齐方士认为是通过铸鼎，而古说实为服玉膏，亦即屈原所云“登昆仑兮食玉英，与天地兮同寿，与日月兮齐光”。“黄帝乃取峚山之玉荣，而投之锺山之阳”当即炼化服食之义，后世衍为铸鼎、炼丹传说。

二、《山海经》偶尔出现不成系统之“不死”

系统的神仙思想的出现，最早应该在战国中期。《史记·封禅书》曰：“自威、宣、燕昭使人入海求蓬莱、方丈、瀛洲……诸仙人及不死之药皆在焉。”齐威王（前357—前319）、齐宣王（前319—前301）和燕昭王（前311—前279）都致力于寻求长生不死的仙方。今存较早而可靠的神仙学文献，除了我们前文讨论过的《西次三经》，还有《楚辞·远游》《庄子·在宥》等战国末年至汉初的作品。

《山海经》的写作年代问题比较复杂，简单地说，其书基本上是战国时期的产物。而战国时期，正是神仙思想发展成熟的时期。

《山海经》中偶尔出现不成系统的“不死”内容，今将之罗列考辨如下：

一、冬死而夏生的鯥。《南山经首》“柢山”：“有鱼焉，其状如牛，陵居，蛇尾，有翼，其羽在魼下，其音如留牛，其名曰鯥，冬死而夏生，食之无肿疾。”郭璞注：“此亦蛰类也。谓之死者，言其蛰无所知，如死耳。”此物当即今所谓“穿山甲”。“冬死而夏生”看似死而复生，其实只是冬眠。郭注所言甚明。所以这其实不在我们想要考察的“不死”神话范畴内。

二、无口而不可杀的䍺。《南次二经》“洵山”：“有兽焉，其状如羊而无口，不可杀也，其名曰䍺。”此物或即今所谓“高鼻羚羊”。这种羚羊的鼻子比较长，垂下来会遮挡口部，所以好像没有嘴的样子。“不可杀”有两种意思：一是主观的“人不可以去杀死它”，二是客观的“它不可能被人杀死”。此处的意思明显是第二种。《楚辞·天问》王逸章句说“仙人不可杀也”，即此义。但这里究竟有没有包含神仙思想，即䍺有没有被作者当成“仙兽”，还比较难说。郭璞《山海经图赞》：“有兽无口，其名曰䍺。害气不入，厥体无闲。至理之尽，出于不然。”则明确将之视为仙兽。明遗民傅山特别喜欢䍺，写过大大的“䍺”字贴在窗户上，但细推其用意，大概是告诫自己不要乱说话，以此讽刺清人的文字狱而已，与仙兽之说其实无关。所以，䴵与不死神话的关系也是似有若无的。

三、不死之民。这是《山海经》中明确说到不死的。《海外南经》："不死民在其东，其为人黑色，寿，不死。一曰在穿胸国东。"郭璞注："有员丘山，上有不死树，食之乃寿；亦有赤泉，饮之不老。"《大荒南经》："有不死之国，阿姓，甘木是食。"郭璞注："甘木，即不死树，食之不老。"两处所言为一事。《海外四经》与《大荒四经》的内容每多重复，此即一例。我们认为，此处"不死民""不死国"当与南极老人星有关。考《大荒南经》可知不死国紧邻南极，与老人星出现的位置相吻合。先秦天文学文献《甘石星经》之类大多佚失无传，但该方面内容多少保留了一些在汉代文献，如《史记·天官书》《汉书·天文志》中。《天官书》曰："狼比地有大星，曰南极老人。老人见，治安；不见，兵起。常以秋分时候之于南郊。"张守节正义："老人一星，在弧南，一曰南极，为人主占寿命延长之应。常以秋分之曙见于景，春分之夕见于丁。见，国长命，故谓之寿昌，天下安宁；不见，人主忧也。"去除其中神秘观念，提取科学成分，可知南极老人星是秋分那天天亮之前和春分那天天黑之后，出现在正南方的一颗大亮星，人们将之与"长寿"联系在一起。至于中国古人为什么把这颗被西方人称为Canopus的星星跟"长寿"

“不死”的概念联系在一起，我们也不清楚，也许是因为此星又大又亮而且不常出现。《海外南经》之有“其为人黑色”之说，可能因为他们观察到在阳光强烈的南方，人们的皮肤容易被晒得黝黑。“甘木，即不死树，食之不老”，《大荒南经》的“甘木是食”大概就是“寿，不死”的原因。此“不死”传说，虽寥寥数字，相对《西次三经》中的神仙世界简陋得多，但影响力却很大。《楚辞·天问》中的“何所不死”“延年不死，寿何所止”，《远游》中的“仍羽人于丹丘兮，留不死之旧乡”“嘉南州之炎德兮，丽桂树之冬荣”，以及《淮南子·墬形训》中的“故南方有不死之草”等等，皆从此生发。而寿星崇拜与秋季过老人节的习俗，更是绵延至今。

四、不死树与不死药。《海内西经》：“开明北有视肉、珠树、文玉树、玗琪树、不死树。（郭璞注：言常生也。）……开明东有巫彭、巫抵、巫阳、巫履、巫凡、巫相，夹窫窳之尸，皆操不死之药以距之（郭璞注：为距却死气求更生）。窫窳者，蛇身人面，贰负臣所杀也。”《海内西经》讲到昆仑之虚时，行文铺排，迥异于《海内》四经其他文字。昆仑虚四隅出水，昆仑上开明兽之西北东南皆是异物。这段文字两次提到“不死”。郭璞认为这两处“不死”的概念不同，前者是长生不死，后者是死而复生。确实，文中用了“尸”“杀”这样的字眼，表明窫窳是死了的，此时说的“不死之药”只能是“还阳之药”。而“不死树”的“不死”却更像普通意义上的长生不死。在上文中我们提到，郭璞认为不死国生有不死树“甘木”，其民是因为服食了其树得以不死的。虽然这种关系在《山海经》原文中是看不出来的，但它合情合理。结合《西次三经》来看，不死树“甘木”或即其文所谓“丹木”，而不死之药或即“玉荣”，郭璞所谓“赤泉”或即“丹水”“玉膏”，下面我们会说到的“不死之山”“员丘”或即《西次三经》之“峚山”，皆传闻异辞。《淮南子·墬形训》：“樊桐在昆仑阊阖之中，是其疏圃。疏圃之池，浸之黄水，黄水三周复其原，是谓丹水，饮之不死。”

五、不死之山。《海内经》中提到，流沙之东，黑水之间，有山名“不死之山”。郭璞注：“即员丘也。”这也是“不死国”“不死树”“不死之药”神话的延续。《艺文类聚》《太平御览》引《括地图》《外国图》等书曰：“员丘之上，有不死树，食之乃寿；有赤泉，饮之不老。”亦传闻异辞，从中可考见《山海经》“不死”神话的流传衍变。陶渊明《读山海经十三首》其八：“自古皆有没，何人得灵长？不死复不老，万岁如平常。赤泉给我饮，员丘足我粮。方与三辰游，寿考岂渠央？”亦此神话流传之迹。《括地图》《外国图》等书，或即郭注所本。清人惠栋《九曜斋笔记》曰：“《外国图》《括地图》与《山海经》相表里，郭景纯注亦引之，皆古书也。”前文郭注以为员丘在《大荒南经》不死民之处，这里却说西方不死之山即员丘，实在自相矛盾。《海内经》此文或另有所指，可惜文献不足，无法细考。

六、不死的“三面之人”和“鱼妇”。《大荒西经》：“大荒之中有山，名曰大荒之山，日月所入。有人焉，三面，是颛顼之子，三面一臂，三面之人不死，是谓大荒之野。”又：“有鱼偏枯，名曰鱼妇。颛顼死即复苏。（郭璞注：言其人能变化也。）风道此来，天乃大水泉，蛇乃化为鱼，是谓鱼妇。颛顼死即复苏。（郭璞注：《淮南子》曰：后稷龙在建木西，其人死复苏，其半为鱼。盖谓此也。）”此“三面”神话的本来面目，大概是对傩礼场面的描述，之所以说成“三面”，可能是因为第四面未能透视。第二段文字反映的可能是物候变化，“风道此来，天乃大水泉，蛇乃化为鱼”是说孟夏时季风吹来，天降大雨，蛇鱼活动频繁，与《海外南经》“南山在其东南，自此山来，虫为蛇，蛇号为鱼”所述相通。但两段文字都提到了“颛顼”与“死生”，似乎有什么特殊文化背景。

七、接近不死的长寿。《海外西经》：“轩辕之国在此穷山之际，其不寿者八百岁。”《大荒西经》：“有轩辕之国。江山之南栖为吉。（郭璞注：即穷山之际也。山居为栖。吉者，言无凶夭。）不寿者乃八百岁。（郭璞注：寿者数千岁。）”此文本义不甚明了，就其字面意思而言，是说轩辕国的人都长寿，命最短也可以活八百年，命长的可以活几千年。郭璞《山海经图赞》：“轩辕之人，承天之祜。冬不袭衣，夏不扇暑。犹气之和，家为彭祖。”是对这个神话的转述。另，《海外西经》有云：“有乘黄，其状如狐，其背上有角，乘之寿二千岁。”《海内北经》云：“有文马，缟身，朱鬣，目若黄金，名曰吉量，乘之寿千岁。”两者都是对瑞兽致寿的记录。这些说法显得很特殊，因为后世罕见神仙家以乘瑞兽而得长寿的说法。

三、《山海经》中没有着力表现为“不死”，却被后世发挥的内容

［清］《列仙图》中的郭璞

单纯从《山海经》原文看，其对很多物产、地域的描述，跟“不死”神话、神仙思想没有那么确切的关系，但是后来的很多文献却明确将之与神仙联系起来。

《山海经》自郭璞作注以来，一直是带着郭注流传的，可以说，晋朝之后的《山海经》是郭璞的《山海经》，而非原著。郭璞是一个受神仙思想影响很深的人，这在其《山海经传》《山海经图赞》以及其代表作《游仙诗》中有深刻体现。

以西王母为例。《淮南子·览冥

训》:“羿请不死之药于西王母，姮娥窃以奔月，怅然有丧，无以续之。”《海内西经》:“（昆仑之虚）非仁羿莫能上冈之岩。”郭注:“羿尝请药西王母，亦言其得道也。”即据《淮南子》而言。汉代以后的西王母信仰特别兴盛，而长生不死的理念与之密切相关。汉武帝惑于神仙之说，所以司马相如临死时写了一篇《大人赋》来讽谏，其中有一段说,（据《山海经》记载）西王母就像野兽一样活着，这样的成仙不死并没有什么乐趣。可见当时的西王母传说与《山海经》中的西王母记载是矛盾的。

关于“帝之二女”,《中次十二经》讲述“洞庭之山”时说:“其上多黄金，其下多银铁，其木多柤、梨、橘、櫾，其草多葌、蘪芜、芍药、芎䓖，帝之二女居之,（郭璞注：天帝之二女而处江为神，即《列仙传》“江妃二女”也。……）是常游于江渊，澧沅之风，交潇湘之渊,（郭璞注：此言二女游戏江之渊府，则能鼓三江，令风波之气共相交通，言其灵响之意也。）是在九江之间，出入必以飘风暴雨，是多怪神，状如人而载蛇，左右手操蛇，多怪鸟。”郭璞引《列仙传》，似乎是将帝女当成得道不死之“仙”了，而《山海经》本文明显是将其当成山川之“神”的。

关于夏后启,《海外西经》云:“大乐之野，夏后启于此儛九代。乘两龙，云盖三层。左手操翳，右手操环，佩玉璜。在大运山北。一曰大遗之野。”郭璞注:“《归藏·郑母经》

曰：‘夏后启筮，御飞龙登于天，吉。’明启亦仙也。”郭引《归藏》，证夏后启是神仙，其实在我们看来，这段引文不足以证成其结论。

关于无影，《大荒西经》云：“寿麻正立无景，疾呼无响，（郭璞注：言其禀形气有异于人也。《列仙传》曰：玄俗无景。）爰有大暑，不可以往。”这里郭璞也没有说寿麻是神仙，只是说他某些禀赋有似神仙。“玄俗”是仙人名字，《列仙传》云，河间王听老人说：“我父亲曾经见过玄俗，玄俗没有影子。”于是河间王把玄俗叫到日光下面，发现他果然没有影子。

关于柏高，《海内经》云：“华山青水之东，有山名曰肇山，有人名曰柏高，（郭璞注：柏子高，仙者也。）柏高上下于此，至于天。（郭璞注：言翱翔云天，往来此山也。）”这里郭璞就完全将柏高当成神仙了。郝懿行进一步发挥说：“然则柏高即伯高矣。伯高者，《管子·地数篇》有黄帝问于伯高云云，盖黄帝之臣也。帝乘龙鼎湖而伯高从焉，故高亦仙者也。”然而我们认为《山海经》成书时他们说的那些内容可能还没有产生。

关于羽民，《海外南经》云：“羽民国在其东南，其为人长头，身生羽。”郭璞注：“能飞不能远，卵生，画似仙人也。”此处郭璞并没有说羽民是仙，只是说他们的画像有似神仙。有意思的是汉代王逸却将其视为神仙，《远游》“仍羽人于丹丘兮，留不死之旧乡”章句曰：“《山海经》言有羽人之国、不死之民。或曰，人得道，身生羽毛也。”而《山海经》可能本没有那种意思。

《山海经》中提到的山被后人视为仙境的，有如下几座：

一、华山。《西山经首》：“太华之山。削成而四方，其高五千仞，其广十里，鸟兽莫居。”郭璞注：“上有明星、玉女，持玉浆，得上服之，即成仙道，险僻不通。”他将西岳华山当成仙山，而《山海经》至少字面上并无此意。

二、少室山。《中次七经》“少室之山”：“其上多玉，其下多铁。”郭璞注：“此山巅亦有白玉膏，得服之即得仙道，世人不能上也。”《西次三经》注引《河图玉版》曰：“少室山，其上有白玉膏，一服即仙矣。”

三、蓬莱山。《海内北经》：“蓬莱山在海中。”郭璞注：“上有仙人，宫室皆以金玉为之，鸟兽尽白，望之如云，在渤海中也。”《山海经》文本中没有蓬莱是仙山的明确说法，但正如我们在前文中所说，它在战国中期就已经被当作仙山了。《史记·封禅书》：“自威、宣、燕昭使人入海求蓬莱、方丈、瀛洲。此三神山者，其传在勃海中，去人不远。患且至，则船风引而去。盖尝有至者，诸仙人及不死之药皆在焉。其物禽兽尽白，而黄金银为宫阙。未至，望之如云；及到，三神山反居水下。临之，风辄引去，终莫能至云。世主莫不甘心焉。”郭注也正是隐括此文。蓬莱山后来经过秦始皇、汉武帝的苦寻，变得非常知名，成为仙界的代名词，然而它在今存先秦文献中却甚少被提及，《山海经》中的相关记录也多少能证明这一神话的古老性。

山海经中提到的物产有一些被后世视为仙药。

一、水玉。《南山经首》“堂庭之山”：“多棪木，多白猿，多水玉，多黄金。”郭璞注：“水玉，今水精也。相如《上林赋》曰：‘水玉磊砢。’赤松子所服，见《列仙传》。”刘向《列仙传》曰：“赤松子者，神农时雨师也。服水玉，以教神农，能入火自烧。往往至昆仑山上，常止西王母石室中，随风雨上下。”赤松子得道成仙的唯一途径，正是服食水玉（水精、水晶），可见神仙家是把水玉视为仙药的。但《山海经》没有说水玉是仙药，更没有说吃了它就可以长寿不死。《山海经》的作者究竟有没有默认水玉是仙药呢？堂庭山所产四物，棪有可能是仙果，白猿后来更是常常被当成仙兽，黄金更是仙药，（郭注说棪“子似柰而赤，可食”，而紫柰为仙药，见《汉武帝内传》《汉武洞冥记》《真诰》。反映白猿与神仙关系的文献，有《补江总白猿传》等。黄金被当作仙药，见《抱朴子·仙药篇》《神农本草经》等。）这样说来水玉被当作仙药更是理所应当的。堂庭山是仙山？很难说。《山海经》中提到出产水玉的地方有多处，都没有表示它跟神仙有关。

二、帝药八斋。《大荒南经》：“有巫山者，西有黄鸟，帝药八斋，（郭璞注：天帝神仙药在此也。）黄鸟于巫山，司此玄蛇。（郭璞注：言主之也。）”如果郭说可信，则此处之“帝药”当即“不死之药”。

《山海经》中没有提及具有神力却被后世赋予神仙色彩的草木也有不少。

一、櫰木。郭璞《山海经图赞·櫰木赞》曰：“櫰之为木，厥形似莲。若能长服，拔树排山。力则有之，寿亦宜然。”郭璞《山海经图赞》中“不死国”“不死树”皆有赞，兹不详述。櫰木见于《西次四经》“中曲之山”，经、注都没有提它与寿命的关系，而郭璞《山海经图赞》中却在这方面发挥了想象。

二、其他。《抱朴子内篇·仙药》：“桂可以葱涕合蒸作水，可以竹沥合饵之，亦可以先知君脑，或云龟，和服之，七年，能步行水上，长生不死也。”《神农本草经》中说可以使人“轻身益气、不老延年”的“上药”中也有“牡桂”，云“久服通神，轻身不老”。所指皆当为今所谓肉桂。“桂”出现在《山海经》中的《南山经》和《西山经》等处，似乎并无神异色彩，郭璞有注又有赞，也没有说到它与神仙、不死的关系。但早期文献如《楚辞·远游》已经说“嘉南州之炎德兮，丽桂树之冬荣”，刘向《列仙传》中的范蠡、桂父、溪父等也以服桂成仙。《仙药》《上药》和《山海经》中共有的物产还有：丹砂、雄黄、雌黄、黄金、白银、玉、麦门冬、术、菌桂、槐、橘柚、麝、鳢鱼等，除了玉这一种，其他在《山海经》中都不具有仙药色彩。而其他仙学文献中提及的仙药，比如木槿（薰华草）等，就更数不胜数了。

《山海经图》补说

目前我们能看到的"山海经图"，大概可以分为三种：一种是古图，一种是"肌肉系"的，一种是"暗黑系"的。"肌肉系"风格来自欧美，"暗黑系"风格来自日本。当然还有一些其他风格，但好像还没有形成气候。

古图呢，我们现在见到的基本是明清时期的，这方面研究较多的学者有马昌仪，其代表作就是流传甚广的《古本山海经图说》。

本文想避开上面这些，谈一些新鲜点的东西。

在人们的普遍认识里，《山海经》是有图的。《山海经图》的存在固然是一个事实，问题是《山海经图》其实在很大程度上是独立于《山海经》而存在的一系列作品。

最早的情况是《山经》没有图，而《海经》却是先有图后有经文的。可惜《海经图》很早就亡逸了，早在西汉末年刘向刘歆父子大规模整理图书时就看不到了。《汉书·艺文志》中凡是说到"图"都用"卷"作计量单位，唯独说到《山海经》时非但没有提到图，而且还说"十八篇"，很明显当时《山海经图》已经亡逸了。

然而从汉到唐，我们仍能找到不少有关《山海经图》的内容，见于郭璞、陶渊明、张僧繇、张彦远等人的记述，可见后人又凭空创作了一些《山海经图》。

可是后来的《隋书》《旧唐书》《新唐书》等正史的“经籍志”“艺文志”里却没有著录《山海经图》。非但如此，唐宋以后虽然也有《山海经图》流传，但各种官修私修书目里的相关记述还是很少。这是为什么呢?

我认为答案很简单。就像《四库全书》里不收录《西游记》一样，古人很可能认为《山海经图》不值一提。历代都有一些畅销书，无论曾经如何风行，最后都淹没在历史的尘埃里了，这很好理解。而两千年来流行的《山海经图》在很大意义上，其实也就是这么一种哄小孩子的“小画书”罢了。

明白了《山海经图》的基本性质，下面我就来谈一些具体问题。

上篇：郭璞、陶渊明及其他

首先说郭璞的《山海经图赞》。

“赞”是一种特殊的文学体裁。现在很多人把它归入诗歌类，这是不对的。据我观察，赞很多都是写在画作上面的，很像是图画说明。

郭璞《山海经图赞》，就是根据他见到的《山海经图》创作的，也有可能“图”与“赞”作为一个整体是郭璞创造的作品。而从其《图赞》的内容来看，后者的可能性好像更大些。如《神熏池赞》:“泰逢虎尾，武罗人面。熏池之神，厥状不见。爰有美玉，河林如茜。”整篇都是“废话”，好像《熏池图》上并没有画熏池，让人怀疑是不是郭璞画不出来而故意闪烁其词。

现存郭璞《山海经图赞》有300多篇，以此回推，其《山海经图》应有相应的篇数与内容。

这样的话，其《山海经图》就是以经文内容依次排列的300多幅图。起自《桂树》，终于《鲧窃息壤》。一幅图一个主题，包括植物、动物、神祇，甚至故事。其内容之丰富，跟现存各种《山海经图》比起来都毫不逊色。

明清《山海经图》普遍以五类分，曰“灵祇”“异域”“兽族”“羽禽”“鳞介”，没有植物、矿物和故事，实际逊色于郭璞版很多。

郭图中的植物有桂树、迷谷、白蓉，矿物有水玉、流赭、礜石，山水有会稽山、育隧谷、太华山等。

明清流传下来的图多以“奇”“怪”见胜，但缺乏真正的美感。郭璞之图似乎更能表现《山海经》原著中并不多见的那些美，比如《神武罗赞》:“有神武罗，细腰白齿。声如鸣佩，以鐻贯耳。司帝密都，是宜女子。”《神泰逢赞》:“神号泰逢，好游山阳。濯足九州，出入流光。天气是动，孔甲迷惶。”读之令人心往神驰，想见其图甚是精丽。当然这也可能跟郭璞本身的文学修养有关。

郭璞《山海经传》里也有一些涉及《山海经图》的内容，如：“说者不了此物，名禺作牛字，图亦作牛形，或作猴，皆失之也。”仿佛他见到的图非但不是自己画的，而且还不止一种。从“画似仙人也”“画亦似仙人也”“画似猕猴而黑色也”“画四面，各乘灵车，驾二龙”等表述看，此画还是郭璞作传的重要参考。郭璞注离朱曰：“木名也，见《庄子》，今图作赤鸟。”可见他对所见图的内容也不是完全认同。

此外郭璞还四次提到“畏兽画”，我很怀疑这是《山海经图》的一种“周边作品”。其《孟槐赞》说“列象畏兽，凶邪是辟”，看来“畏兽画”有辟邪的功用。

郭璞生活在两晋之交，陶渊明生活在晋宋之交。东晋约有百年，郭、陶的生年相差大概百岁，这是一个巧合。另一个巧合是，陶渊明也留下了有关《山海经》的诗，即《读山海经十三首》。

十三首中，除了第一首是序诗，写他在农暇“泛览周王传，流观山海图”，最后一首与《山海经》无关外，其余十一首都是一首咏一事，很让人怀疑每首都是歌咏一幅《山海经图》。

陶渊明的作品除了对考证《山海经图》内容有很大作用之外，对后人的隐逸行为也有着深刻影响。也就是说，《山海经图》这样无益于世道人心的“小画书”，若非得到陶渊明的偏爱，人们对它的兴趣可能会大打折扣。

《历代名画记》是唐朝初年张彦远的作品。其中“述古之秘画珍图”部分提到了“山海经图六又钞图一”和“大荒经图二十六”。题名后面的数字不知具体所指，好像是卷数，但后文“三礼图十卷”等文句又让人怀疑此处指的不是卷数，所以只好理解成相应的幅数。无法解释的是，为什么《大荒经图》反而比《山海经图》多很多。

还有就是，张彦远所记的图明显跟张僧繇所画不是同一套作品，而且跟郭璞所见也不尽相同。

《历代名画记》中“述古之秘画珍图”部分所收作品，还有一些是至今可考见的，比如《五岳真形图》，其图样广为流传；又比如《古瑞应图》《白泽图》，在敦煌遗书里都有同题作品。可以据此想见《山海经图》《大荒经图》的大概样貌，可能同样具有“彩色长卷”和“上图下文”或“右文左图而分上下栏”的特点。

杜甫《北征诗》有一段写妻儿衣服破烂：“海图坼波涛，旧绣移曲折。天吴及紫凤，颠倒在裋褐。”宋人赵次公注：“天吴，图所画之物；紫凤，所绣之物也。”据袁珂说，这里的“海图”指《山海经图》，不知确否。

无独有偶，据万斯同《明史》记载，崇祯十三年(1640)，皇帝下令重新制定朝服的样式，正式启用《山海经》中的异兽作为品级标识，最高一级是天禄。但有些朝臣们却认为："异兽环列，为大不祥之兆。"后来此事也就无疾而终了。这种款式的补服如果真付诸应用，也算是一种《山海经图》吧。

值得一提的是，杜甫提到的"紫凤"，和万斯同提到的"天禄"，其实都是《山海经》所不载的，这也从另一个角度佐证了我"《山海经图》独立于《山海经》而存在"这一观点。

前些日子狠狠火了一阵的《千里江山图》，再次提醒我们北宋徽宗曾培养了大批画家。这批宫廷画家中有一个郭思，与其父郭熙都享有盛名。崇宁大观年间（1102—1110），郭思奉旨绘制了规格达四十幅的《山海经图册》，其中的《瑞马图》最得徽宗欢心。可见《山海经图》人人都可以制作，具体怎么画并没有标准。

下篇：张僧繇、舒雅、胡文焕

南朝梁的张僧繇，就是"画龙点睛"的那个画家，水平、知名度什么的没得说。今所见张僧繇作品尚有《五星二十八宿真形图》，从中可以想见其风采。很长时间以来没有人提及他画过《山海经图》，直到南宋初的《中兴书目》才说到这件事："《山海经图》十卷，本梁张僧繇画。咸平二年校理舒雅铨次馆阁图书，见僧繇旧踪尚有存者，重绘为十卷。又载工侍朱昂《进僧繇画图表》于首。僧繇在梁以善画著。每卷中先类所画名，凡二百四十七种。其经文不全见。”文字很少，但信息量很大。十卷，说明内容很多。古人复制图像不像今天这么容易，尤其是宋之前版刻技术没有通行，所以张氏此图应该是“孤本”。舒雅的重绘才使它有印本流传。

舒雅是北宋初年人，跟张僧繇差四百多年，当时张图残存，舒雅重绘，是比较合理的事。朱昂与舒雅同时，但他那篇表文已经亡逸了，非常可惜。“每卷中先类所画名，凡二百四十七种。”这种思路被清代某些《山海经图》所继承。“其经文不全见。”这句很关键，意思是张图名曰“山海经图”，但其文字并非直录《山海经》，也就是说，此《山海经图》不是《山海经》的插图，而是一种独立的著作。

唐朝有一个传说，貘这种动物，人们“寝其皮辟瘟，图其形辟邪”。白居易患有头风顽疾，所以睡觉的时候要用小屏风护头，于是让人把貘画在屏风上，还写了一篇《貘屏赞》。白居易说：“按《山海经》，此兽食铁与铜，不食他物。”今本《山海经》无此文。北宋末年的黄伯思也见过一幅《貘图》，其《跋滕子济所藏貘图后》曰：“按《山海经图》：‘南方山谷中有兽曰貘，象鼻犀目，牛尾虎足，人寝其皮辟瘟，图其形辟邪，嗜铜铁，弗食他物。’”可知白居易所引，其实是《山海经图》的内容，而非《山海经》。

貘其实在今本《山海经》中根本没有出现，而见于《山海经图》的重要角色。明朝胡文焕《山海经图》收图133幅，其中23图未见于《山海经》，而《貘图》正在其中，其释文也与黄伯思所引相合，可知胡画得古《山海经图》之意。

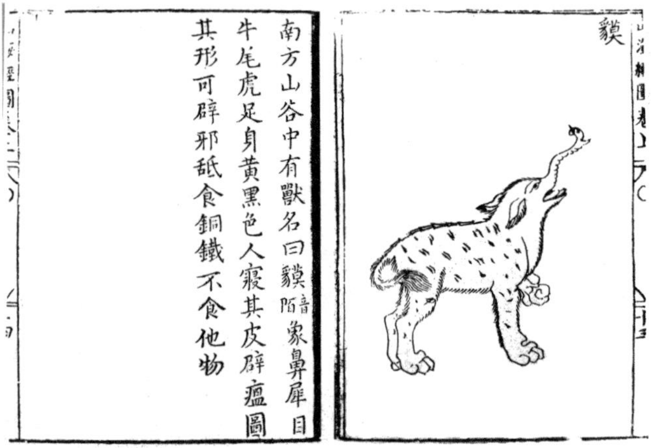

［明］胡文焕《山海经图》中的貘

后世的《山海经图》所反映的都是《山海经》里的内容，反非张、舒之旧。

将《山海经图》和《山海经》混同的例子还有不少。

比如有人看到朱熹《楚辞集注》引及《山海经》“禹治水，有应龙以尾画地，即水泉流通，禹因而治之也”，而认为这一段是《山海经》佚文。实际上朱熹这里是转抄洪兴祖《楚辞补注》，洪氏原文写得明白，这段是《山海经图》的内容：“《山海经》云：‘应龙处南极，杀蚩尤与夸父，不得复上，故下数旱，旱而为应龙之状，乃得大雨。’《山海经图》

云：‘犁丘山有应龙者，龙之有翼也。昔蚩尤御黄帝，令应龙攻于冀州之野。女娲之时，乘雷车，服驾应龙。夏禹治水，有应龙以尾画地，即水泉流通。’”洪氏说得很清楚，《山海经》和《山海经图》内容是不同的。南宋初年的蔡梦弼注解《柳宗元集》时也引用《山海经图》：“犁丘山有应龙者，龙之有翼者也。夏禹治水，有应龙以尾画地，即水泉流通。”可见是朱熹的表述不准确误导了后人。

南宋后期《路史·后纪二》注引《山海经》（实际当然是《山海经图》）曰：“女娲乘雷车，服驾应龙。”胡文焕本《山海经图》可与之互证。《五百家注昌黎文集》卷二引韩醇语：“《山海经图》：‘天门山有赤犬，名曰天狗，其光飞天，流

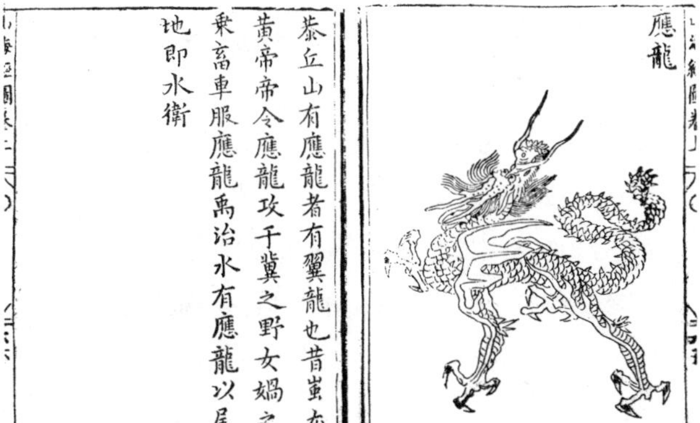

［明］胡文焕《山海经图》中的应龙

［明］胡文焕《山海经图》中的天犬

而为星，长数十丈，其疾如风，其声如雷，其光如电。’”“天狗”当即《大荒西经》中提到的“天犬”。胡文焕本《山海经图》亦可与之互证。

清人胡世安《异鱼图赞笺》：“《山海经图》：‘东海有鲽鱼。’即比目鱼也，不比不行。古之王者将行封禅，东海贡此鱼。”清《续通志·昆虫草木略·兽类》引《山海经》（实际是《山海经图》）曰：“白泽，能言语，出东望山，有德明照幽远则至。”这两条也可以与胡文焕本《山海经图》互证。

南宋后期，薛季宣《叙山海经》：“是书流传既少，今独《道藏》有之，又图十卷，文多阙略。世有模板张僧繇画《山海经图》，详于《道藏》图本。然《道藏》所画不出十三篇

［明］胡文焕《山海经图》中的比目鱼

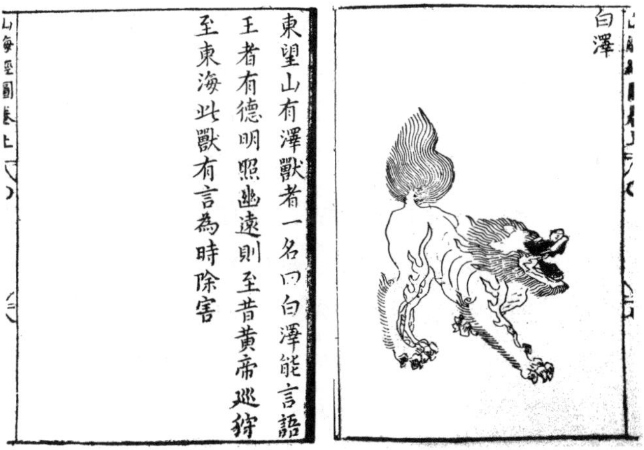

［明］胡文焕《山海经图》中的白泽

中，模本画图有《经》未尝见者。按《五山经》山多亡轶，意僧繇画时其文尚完，不然后人传托之名，不可知也。”简单地说，我感觉薛所见“模板张僧繇画《山海经图》”有可能就是舒雅本，而其所见道藏本《山海经图》是经过删削的版本。正如《郡斋读书志》所言：“闽中刊行本或题曰张僧繇画，妄也。”其所谓“脱略”“未见”，正是舒雅本的特色。至于薛氏对佚文的推测，则可以无视。

《玉海》又云：“《书目》又有《图》十卷，首载郭璞序，节录经文而图其物，如张僧繇本，不著姓名。”具体所指不详。

胡文焕本《山海经》有可能来自薛所见道藏本，亦即《玉海》所说“如张僧繇本”之书。胡文焕《山海经图序》说：“《山海经》乃晋郭璞所著，摘之为图，未详其人，若校集而增补之，重绘而剞劂之，则予也。”故弄玄虚而已。

宋人李诫《营造法式》：“《山海经图》作‘平橑’云，今之‘平棋’也。”“平橑”不见今《山海经》，亦不见于胡本《山海经图》，则胡文焕所见本或亦不全。

另外，平棋就是古建筑上网格状的天花板，状如棋盘，故名。或许当时有人在平棋（平橑）的格子里画异兽仙人等图而与《山海经》有关？

神秘的《山海经》、古文字与二重证据法

一

相信《山海经》给很多人一种望而生畏的感觉。因为，不认识的字实在太多了。

比如开篇第一句："《南山经》之首曰䧿山。""䧿"字一般人就不认识。其实"䧿"就是"鹊"。我们读了《说文解字》就会发现，很多字从"鸟"从"隹"是一样的，比如"雞"就是"鷄"，籀文从"鸟"，小篆从"隹"，只是写法不同而已。近代以来很多学者根据出土文献认定，"隹"和"鸟"根本就是由同一个字分化而来。

"䧿"字下面没有几行，就有一个上"鹿"下"旨"的字，很多人不认识。其实这个字有另外一个写法，"麂"。"麂"字可能还是有人不认识，但其实它就是我们用来擦玻璃的"麂皮"的"麂"字。

《东山经》有一座"勃亝之山"，"亝"字大多数人又不认识了，但"亝"就是"齐"，也是一个常见字。结合《说文》和古文字材料我们可以看出，"齐"字本来是画了片齐整的麦

田来会意，后来人们加了“二”来装饰，所以这个字写作“亝”其实是很合理的。但历史偏偏选择了一个笔画繁多且相对不容易会意的字形“齊”，经过简化则成了完全不能会意的“齐”，幸好《山海经》为我们保留了这个相对原始的字形。

类似的例子在《山海经》中还有不少，比如“䰠”（就是“神”）、“峚”（就是“密”）、“蛾”（就是“蚁”）等等。在我看来，这些字，还包括把“肾”字的“月”写成“肉”，把“虹”字写成上下结构所造成的种种异体字，在写给现代人看的一般读物中，改成通行字也未为不可。

陌生化会带来神秘感，从而满足人的“好奇”心理，但也会使人畏难。改用等价的通行字，还是保留千奇百怪的古文字，应视具体用途而言。

二

清代有一个学者毕沅，写了一本《山海经新校正》。此书有一个很特别的观点，就是《山海经》里很多生僻字，不见于早期的一些字书如《说文》《玉篇》，所以这些字是不对的，是由别的字误抄而来。他还根据自己的这个理念，改了传世本《山海经》中很多字。几十年后，同样研究《山海经》的郝懿行，虽然没有明确表示赞同毕氏的观点，但也暗中用了很多同样的字。

就我们今天见到的出土文献而言，毕沅的这个结论当然是完全不正确的，因为《说文》《玉篇》未收而见于早期出土文献的字实在是太多了。但毕沅的思路毕竟给了我们很大的启发，我们可以逆着他的思路去想：《山海经》中那些奇怪的字，难道都是秦汉以后的“成果”？

一方面，战国时期，每个诸侯国的字都有自己的一些特点。拿出土较多的秦文字和楚文字来说，秦文字跟早期的金文、甲骨文，相对接近一些，楚文字却有很多变形，显得“奇形怪状”。所以秦始皇统一中国后，有一项很重要的文化政策就是“书同文”，把各种字形统一，以便交流。

另一方面，《山海经》中这些奇怪的字，也很有可能保留着战国写本的特点。我们知道，专名（物名、人名等）用字往往缺乏语境优势，抄写者更可能把它们按照原样过录下来。《山海经》里的一些怪字，就常常是专名用字。其中有一些，我们现在仍然可以认出。比如上面我们说的“勃亝山”，“亝”字的写法保留着相对原始的状态，而同样出现在《山海经》中的“北齐之国”“齐州”则是用通行的字体写的，因为大家都熟悉齐国、齐州。又比如，《山海经》中频繁出现的“鵸久”，其实就是其他文献中的“鵂鶹”。

战国时期各地区用的字各有特点，传世本《山海经》可能保留了战国文字的特点，这两点结合起来，我们不禁会有这样大胆的猜想：出土文献中是否有与《山海经》生僻字相关或相似的一些字形呢？是否可以根据这些字形推测《山海经》的底本来自哪个国家呢？过去有学者根据方言推测《山海经》是楚国的作品，不知从字形上是否也能给这个问题找到一些线索。

因为时空变换，古代的专名有很多今天的人不熟悉了，但古人给事物命名，应该不会用一些他们自己都不熟悉的词汇，那其他一些专名里的怪字，是不是也可以通过对照与之时代相近的出土文献而释读出来呢?

我们拭目以待!

三

通过对照战国文字对《山海经》生僻字作出解读的例子目前还几乎没有。但是在对更早期的金文、甲骨文的研读过程中，我们却可以发现《山海经》的更多秘密。

我们知道，20世纪初王国维提出了一种以纸上材料与地下材料互证的新考据手段，名曰“二重证据法”。王先生自己写过一篇很重要的文章《殷卜辞中所见先王先公考》。此文首次用甲骨文材料证明了《山海经》等书中有关王亥的记述在一定程度上是可信的，至少不是空穴来风。后来，胡厚宣、杨树达等又分别论证了甲骨文中所见关于“四方风”的记录与《山海经》中的“四方风”是可以相互发明印证的。这些都是比较有名的古文字材料与《山海经》互证的例子。

其实，在1986年范祥雍也发表过一篇相关文章《释〈山海经·大荒经〉异文“麈”》，主要内容是，《山海经·大荒南经》“玄蛇食麈”句与《大荒北经》“青蛇食麈”句中的“麈”当从别本作“麈”。“麈”不是“尘土”的“尘”，而是通“麚”(jiā)，意思是雄鹿。这里的“麈”字下面的“土”，就是牡字右边的“土”，表示的是雄性。个人觉得范说可信。而且可以据此大胆推论，《海内经》“有国名曰流黄辛氏，其域中方三百里，其出是麈土”句中的“麈土”也应该校作“麈”(麚)。

此外裘锡圭《说卜辞的“焚巫尪”与“作土龙”》一文提到的商人习俗，也可以跟《山海经》中对“女丑”“应龙”的记载相印证。

《山海经·大荒西经》“有山而不合，名曰不周负子”句中的“负子”二字过去有学者认为是衍文，但根据李家浩《九店简“告武夷”研究》一文可知“负子”二字不衍，它就是《告武夷》中的“复山”。

这些都是用出土古文字材料证明了《山海经》内容之神秘古老的范例。

知 · 趣丛书（已出书目）

第一辑

从“山贼”到“水寇”：水浒传的前世今生　侯会 著

名士派：世说新语的世界　徐大军 著

梦断灵山：妙语读西游　苗怀明 著

探骊：从写情回目解味红楼梦　刘上生 著

第二辑

所思不远：清代诗词家生平品述　李让眉 著

梨园识小录　陈义敏 著

志怪于常：山海经博物漫笔　刘朝飞 著

儒林外史人物论　陈美林 著